Diana Hillebrand

ISAR RAUSCHEN

Münchner Kurzgeschichten

Volk Verlag München

Die Schriftstellerin und Dozentin Diana Hillebrand lebt mit ihrer
Familie in ihrer Wahlheimat München. Seit 2006 gibt sie dort
fortlaufend Kurse zum Thema „Kreatives Schreiben" an ihrer
WortWerkstatt SCHREIB&WEISE und unterstützt angehende
und erfahrene Autoren bei ihren Buchprojekten. Alle vierzehn
Tage erscheint ihr Podcast „Schreibzeug", den sie zusammen
mit dem Literaturkritiker Wolfgang Tischer moderiert. Als
Autorin veröffentlichte sie mehrere Bücher, Kurzgeschichten
und eine Vielzahl von Fachartikeln.

Die Deutsche Bibliothek verzeichnet diese Publikation in der Deutschen
Nationalbibliografie; detaillierte bibliografische Daten sind im Internet über
https://portal.dnb.de/ abrufbar.

© 2022 Volk Verlag München
Neumarkter Straße 23; 81673 München
Tel. 089 / 420 79 69 80; Fax: 089 / 420 79 69 86

Druck: cpi books, Leck

ISBN 978-3-86222-398-5

www.volkverlag.de

MIX
Papier aus verantwor-
tungsvollen Quellen
FSC® C084279

INHALT

für Nadine

LEBER KÄS

*L*udwig hatte das Fenster weit geöffnet. Doch statt der erhofften kühlen Nachtluft drang drückende Schwüle ins Schlafzimmer. Schon seit Tagen lagen die Temperaturen jenseits der dreißig Grad und München duckte sich unter einer Glocke aus Hitze. Die Christa hätte jetzt gesagt, er solle sich kühle Gedanken machen, aber die war ja nicht mehr da. Vor drei Jahren, da hatte er sie auf ihrem letzten Weg zum Ostfriedhof begleitet. Jeden zweiten Samstag besuchte er sie dort.

„Zefix", schimpfte Ludwig in die Dunkelheit, weil ihr Tod immer noch in sein Herz stach. Er war deswegen sogar beim Arzt gewesen und hatte ihm die Stelle gezeigt.

„Hier sticht's", hatte er gesagt und der Doktor hatte ihn genau untersucht. Doch gefunden hatte er nichts.

„Mit Ihrem Herzen ist alles in Ordnung, Herr Brandl. Da müssen Sie sich keine Sorgen machen. Allerdings sollten Sie auf Ihre Ernährung achten."

Da hatte der Ludwig die Christa in seinen Gedanken lachen hören. In ihr Lachen hatte er sich verliebt damals, weil es so schön gluckste. Es begann ganz leise und steigerte sich von einem Kichern bis zu einem wahren Lachsturm. Christa hatte jeden damit angesteckt. Sie hatte sich in sein Herz gelacht, dachte Ludwig, und dass er jetzt doch ein bisschen sentimental wurde. So war er früher nicht gewesen, als sie noch da war.

Er drehte sich schwerfällig in seinem Bett herum. Obwohl er die Bettdecke längst ans Fußende geschoben hatte, war ihm furchtbar heiß.

„Diese verflixte Stadt ist ein Ofen", motzte er in die fiebrige Stille hinein, dann stand er auf und ging ans Fenster.

Um die Straßenlaterne schwirrten Insekten, gegenüber im Hauseingang lungerten ein paar alberne Jugendliche herum. Wenn der Ludwig die Augen schloss, dann hörte er das tiefe Brummen der Stadt. So ganz ruhig war es nie. Christa nannte es das „ewige Lied der Großstadt".

Christa. „Zefix."

Ludwig wandte sich vom Fenster ab und schlurfte in die Küche. Er öffnete den Kühlschrank, obwohl er wusste, was ihn erwartete: zwei Helle, ein Stück Emmentaler, Geräuchertes, Butter und ein Viertel Bauernbrot. Dabei hatte ihm Christa immer gesagt, dass man Brot nicht in den Kühlschrank legen soll. Kalte Küche, kaltes Herz, dachte Ludwig. Und Christa pfiff ihn in seinen Gedanken an, er solle gefälligst nicht so einen Schmarrn denken.

Er stieß die Kühlschranktür mit Wucht zu. Gekocht hatte er noch nie. Das war immer Christas Sache gewesen. Dachte er an ihren Schweinsbraten, lief ihm das Wasser im Mund zusammen, und wenn er sich konzentrierte, glaubte er sogar, jetzt in diesem Moment jede Zutat zu schmecken. Es war immer Kümmel in der Soße gewesen und das Fleisch hatte so eine schöne resche Haut gehabt. Ludwig seufzte. Er hatte es ein paar Mal im Wirtshaus versucht, aber an Christas Schweinsbraten kam keiner heran. Das war absolut aussichtslos.

„Dann mach dir halt einen abgebräunten Leberkäs", hörte er Christa in seinem Kopf sagen.

„Ja, du bist gut! Wo soll ich denn jetzt an Leberkäs herbe-
kommen?", dröhnte Ludwig in seiner einsamen Küche herum.
Dabei sah er in die Richtung, wo sie immer gesessen hatte.
„Zefix."
Eine Antwort bekam er natürlich nicht und sein Herum-
schreien störte auch niemanden. Er hatte sich an seine Selbst-
gespräche längst gewöhnt.
„Ein bisschen Mühe geben musst dir schon", ertönte prompt
die Antwort in seinem Kopf und danach glaubte Ludwig, ein
glucksendes Lachen zu hören.
„Kann ja nicht so schwer sein, in München einen Leberkäs
zu finden, oder?" Ludwig wusste nicht, ob er das jetzt selbst
gedacht oder ob Christa ihm diesen Gedanken in den Kopf
gesetzt hatte.
Jedenfalls zog er sich an und ging mitten in der Nacht los,
um einen Leberkäs zu suchen. Denn wenn die Christa was
sagte, dann wurde das auch gemacht. Zefix.

Es war kurz vor zwei Uhr und trotzdem nicht richtig dunkel, als
Ludwig vor die Haustür trat. Diese Stadt schläft nie, dachte er,
und dass es da doch bestimmt irgendwo einen Leberkäs geben
wird. Die Jugendlichen aus dem Hauseingang waren weiter-
gezogen, was er ein bisschen schade fand, denn die hätten vielleicht gewusst, wohin er gehen könnte. Er war ja schon lange
nicht mehr richtig draußen unterwegs gewesen. Eigentlich blieb
er lieber zu Hause. Aber wenn die Christa meinte, er brauche
einen Leberkäs, dann musste er los, da gab's nichts.

Sie hatten sich das anders vorgestellt, der Ludwig und die
Christa. Sie wollten es sich schön machen im Alter, wenn der
Ludwig nicht mehr jeden Tag Bus fahren musste. Er hatte
seinen Beruf gemocht, auch wenn es immer schwieriger geworden war mit dem vielen Verkehr und den ständigen Baustellen

in München. Er hatte den Leuten die Türen geöffnet und in seinem Innenspiegel aufgepasst, dass alle einen guten Platz gefunden hatten. Und wenn Schulkinder dem Bus hinterhergerannt waren, hatte er immer angehalten, um sie noch einsteigen zu lassen. Dafür hatte er auch eine kleine Verspätung in Kauf genommen. Die holte er irgendwo schon wieder rein. Doch die glühenden Gesichter, die ihm dankbar zulächelten, waren es ihm wert gewesen. Leider hatten er und seine Christa keine Kinder bekommen. Das wär's halt gewesen – Kinder. Dann wär er jetzt nicht so allein, dachte Ludwig. Und dann, als es endlich ruhiger wurde und er seine letzte Fahrt gemacht hatte, war die Christa krank geworden. Bis heute brachte er es nicht fertig, ihre Krankheit beim Namen zu nennen. Sie war halt nicht mehr da. Zefix.

Aber irgendwie war sie halt doch da und während Ludwig seine schweren Schritte durch das Westend lenkte, überlegte er, wann es angefangen hatte. Wann hatte die Christa das erste Mal mit ihm „gesprochen"?

Kurz nach ihrem Tod, am Anfang, da hatte es sich angefühlt, als wäre er in ein tiefes, dunkles Loch gefallen. Da drang kein Licht, kein Wort und gar nichts zu ihm durch. Sein Herz fühlte sich an wie ein Bröselschmarrn. Seine früheren Kollegen hatten sich dann und wann bei ihm gemeldet und festgestellt: „Dem Ludwig ist das Leben abhandengekommen."

Manchmal klopfte die Monika von gegenüber bei ihm an und brachte was Selbstgekochtes.

„Ist zwar nicht von der Christa", sagte sie dann und der Ludwig hätte sie am liebsten wieder zur Tür hinausgeschoben. „Aber die meint's nur gut", flüsterte die Christa in seinen Gedanken und der Ludwig nahm den Teller an. Sobald die Tür zu war, versteckte er das Essen immer unten im Mülleimer. Es wär ihm halt wie ein Verrat an der Christa vorgekommen, wenn er das gegessen hätt. Später brachte er den Teller zurück und bedankte sich brav.

Nach einem Jahr hatte der Ludwig sein Herz leichter geweint und da ging es ein bisschen besser. Er hörte wieder die Glocken von St. Rupert herüberläuten, Vogelgezwitscher und da hatte die Christa auch das erste Mal mit ihm gesprochen. „Da hat man ja keine Möglichkeit durchzukommen, wenn du so dichtmachst", hatte sie in seinem Kopf gesagt und der Ludwig hatte ihre Stimme genau erkannt. Verwundert hatte er die Kaffeetasse abgestellt und sich in der Küche umgesehen, ob sie vielleicht wieder da wäre.

„Natürlich bin ich da! Glaubst du, dass ich nach 45 Jahren Ehe einfach so verschwinde?"

Von da an hörte der Ludwig seine Christa immer wieder und das war ihm grad recht. Gelegentlich ging sie ihm aber ein bisschen auf die Nerven. Doch das getraute er sich nicht laut zu denken, weil die Christa ja in seinen Gedanken war und alles mithören konnte. Manchmal war es anstrengend, dann sollte er die Wäsche ordentlicher zusammenlegen oder mal wieder saugen. Doch was immer Christa ihm auftrug, Ludwig erledigte das sofort, weil sie sonst eh keine Ruhe geben würde.

Er stapfte durch die Nacht. Christa hatte schon recht gehabt mit seinem Hunger. Der machte sich jetzt mit einem mächtigen Magenknurren bemerkbar. Aber er hatte keinen Schimmer, wo er einen Leberkäs auftreiben sollte. Da sah er am Ende der Straße ein Licht und schritt entschlossen darauf zu. Doch als er näher kam, merkte er gleich: Das war kein Leberkäs, der da vor sich hin brutzelte, das war ein Döner-Spieß. Die Halbstarken vom Hauseingang hatten sich hier versammelt und bissen in die Fladenbrote mit den saftigen Fleischstücken, Tomaten, Kraut und Zwiebeln. Ludwig hätte es schon genommen, aber die

Christa meinte, dass er sich doch jetzt nicht so einen Schmarrn reindrücken wolle, und da ging er lieber weiter.

Er latschte ziemlich lange herum und verfluchte seine Frau, die eigensinnig wie ein alter Esel sein konnte. Sogar jetzt noch, wo sie in einem Grab am Ostfriedhof lag. Als er an einem hell erleuchteten Fast-Food-Laden vorbeikam, dachte Ludwig, dass er noch nie in seinem Leben so etwas gegessen hatte. Drinnen sah es einladend aus, warm und hell, aber die Gäste waren halb so alt wie er, und da traute er sich nicht, hineinzugehen. Er zweifelte auch stark daran, dass es einen Leberkäs gegeben hätte. Langsam kam er zu der Erkenntnis, dass das eine ziemliche Schnapsidee von der Christa gewesen war. Leberkäs mitten in der Nacht. Dreimal kam er an Dönerläden vorbei, zweimal gab es Burger und einmal gab es irgendetwas Mexikanisches. Aber einen Leberkäs, den fand er nicht.

Ohne es zu merken, war Ludwig dann zum Ostfriedhof gewandert und wie es der Zufall wollte, stand ein Tor offen. Dieser Einladung folgend betrat er das Friedhofsgelände und fand auch in der Nacht ganz leicht das Grab von seiner Christa, denn der Vollmond strahlte hell vom Himmel herunter. Ganz still war es hier. Komischerweise sagte die Christa nie etwas, wenn er hier bei ihr war. Hier konnte er denken, was er wollte.

Er hockte sich vor den Grabstein.

„Zefix, Christa", sagte er diesmal ganz sanft und dann „ich mag nimma."

„Das würde ich mir aber gut überlegen", antwortete eine Stimme und Ludwig erschrak so sehr, dass er auf seinen Hosenboden fiel. In dem Moment schälte sich eine Gestalt aus der Dunkelheit.

„Ich hab Sie gar nicht gesehen", sagte Ludwig verdattert.

„Davon gehe ich aus", antwortete die Frau und grinste. Es sah aus, als wäre sie von Kopf bis Fuß in bunte Tücher gehüllt.

„Was machen Sie denn hier um diese Zeit?", fragte er barsch.

„Dasselbe könnte ich Sie auch fragen, antwortete sie und setzte sich zu ihm auf den Boden.

„Genau genommen...", sagte Ludwig, „genau genommen suche ich einen Leberkäs."

„Auf dem Friedhof?" Die Frau lachte und ihre Armbänder klimperten. Das gefiel dem Ludwig. Es klang wie kleine Glöckchen.

„Ja, so ein Schmarrn, gell?", lachte Ludwig mit, weil ihm klar wurde, wie unsinnig sich das anhören musste. Und obwohl ihn die Fremde neugierig ansah, wollte er nicht mehr dazu sagen. Er stand auf und klopfte sich die Hosenbeine ab. „Ja, dann..."

„Ich weiß, wo's einen gibt."

„Einen was?", fragte Ludwig.

„Einen Leberkäs."

„Tatsächlich?" Die Frau stand ebenfalls auf, die bunten Tücher wehten im Nachtwind, die Armbänder klimperten und Ludwig überlegte, ob das jetzt eine übersinnliche Erscheinung war.

„Also?", fragte die Erscheinung.

„Also was?", meinte Ludwig, der von seinen eigenen Gedanken schon ganz konfus war.

„Wollen Sie wissen, wo es einen Leberkäs gibt?", fragte sie und betonte jede Silbe, als würde er ihre Sprache nicht sprechen.

„Ja."

„Gut, dann sag ich es Ihnen." Sie machte eine Pause und ein wichtiges Gesicht. Ludwig wurde das langsam zu bunt, doch er war auch neugierig.

„Und? Wo ist der Leberkäs?"

„Ich habe einen zu Hause im Kühlschrank."

„Tatsächlich?", antwortete Ludwig schon wieder, dem langsam mulmig zumute wurde.

Sie sah ihn forsch an. „Warum schauen Sie denn jetzt so erschreckt? Seh ich aus wie ein Gespenst, oder was?"

„Hmm", machte Ludwig.

Da stemmte die Frau ihre Hände in die Hüfte und Ludwig sah, dass das, was er zunächst für bunte Tücher gehalten hatte, eine weite Hose und eine Bluse waren. Sobald sie die Hände von ihrer Taille nahm, vereinigte sich alles zu einem wilden Durcheinander aus Farben. Die Frau seufzte.

„Wissen Sie was, wenn Sie wollen, dann geh ich jetzt und hol den Leberkäs und wir essen ihn zusammen auf der Bank da drüben."

„Meinen Sie das ernst?"

„Natürlich", sagte sie.

„Gut", meinte der Ludwig, glaubte ihr aber kein Wort.

Nachdem sie ein paar Schritte gegangen war, sah sie sich noch einmal um. „Aber Sie dürfen nicht weglaufen!"

„Nein, nein", sagte Ludwig.

Er ließ sie gehen und setzte sich auf die Bank. Seit langer Zeit klopfte sein Herz wieder einmal so stark, dass er es spüren konnte. Es pochte wild gegen seine Brust. Er kam sich sehr lebendig vor, wie er da so auf der Bank saß. Und auch ein bisschen verrückt. So etwas konnte doch nicht passieren, oder?

„Was soll ich denn jetzt machen", raunte er in die Dunkelheit. Auf einem Friedhof flüsterte er immer, auch wenn ihn niemand hören konnte. Doch er wollte die Totenruhe nicht stören. Totenruhe, dachte Ludwig. Stimmt, hier ist sogar die Christa still.

Es verging einige Zeit, in der er hin und her überlegte, ob er jetzt sitzen bleiben oder gehen sollte. Er konnte sich einfach nicht entschließen, aufzustehen und in seine einsame Wohnung zurückzukehren. Was machte es schon, wenn er hier noch ein bisschen wartete. Er war ein gestandener Mann und hatte nichts zu befürchten. Sein Magen knurrte. Er grübelte und einmal stand er sogar auf, um loszugehen, doch dann setzte er sich wieder hin. Noch fünf Minuten. Die kommt eh nicht, dachte er.

Doch dann kam sie endlich zurück. Sie trug einen Korb bei sich und Ludwig konnte ihr Lächeln schon aus der Ferne erkennen. „Wir beide sind schon ein bisschen verrückt", rief die Frau ihm entgegen und dann war sie da und aus ihrem Korb roch es verführerisch nach gebratenem Leberkäs.

„Ist der warm?", fragte Ludwig überrascht.

„Natürlich, was glauben denn Sie, dass ich uns einen kalten Leberkäs mitbringe? Hat ein bisschen gedauert, bis die Pfanne heiß war."

Sie zog ein in Stanniolpapier eingewickeltes Päckchen hervor. „Hier, ich habe ihn schon in eine Semmel gelegt. Süßen Senf?", fragte sie und sah ihm direkt in die Augen.

Ludwig nickte und beobachtete erstaunt, wie sie die Semmelhälften mit einer Hand geschickt auseinanderklappte und einen Löffel Senf auf den Leberkäs strich. Dann wickelte sie die Alufolie so um die Semmel, dass die eine Hälfte herausschaute, und reichte sie ihm. „An Guadn."

Ludwig biss hinein und dachte im gleichen Moment, dass er schon sehr lange nichts so Gutes mehr gegessen hatte.

Das andere Päckchen nahm sie sich selbst und funkelte ihn an. „Das freut mich jetzt, dass es Ihnen so gut schmeckt."

Eine Weile schwiegen sie und lauschten in den dunklen Ostfriedhof hinein. Und wie sie so saßen und an ihren Leberkässemmeln kauten, da schien es dem Ludwig, als bräche eine Mauer in seinem Herzen zusammen, und er fühlte sich angenehm leicht und frei.

Er erfuhr, dass die Frau Maja hieß und auch allein war. Aber so allein käme sie sich gar nicht vor, weil sie immer irgendetwas zu tun hätte.

„Mir fällt dann schon was ein", erzählte sie, und dass man die Gelegenheiten nutzen müsse, wenn sie einem geboten würden.

Schnell waren sie beim Du angekommen und berichteten aus ihrem Leben. Dabei ließ der Ludwig seins ein bisschen spannender klingen, als es eigentlich war.

Er beobachtete Maja ganz genau, als sie berichtete, dass sie als Verkäuferin in einer Metzgerei arbeite und jeden Tag bestimmt mindestens hundert Leberkässemmeln über die Theke reiche.

„Deshalb esse ich eigentlich auch keine mehr", plauderte sie weiter.

„Nicht?", fragte Ludwig und sah auf die Semmel in Majas Hand, von der nur noch wenig übrig war.

„Nein, das ist wirklich seltsam", sagte sie. „Stell dir vor, gestern habe ich das erste Mal überhaupt ein Stück Leberkäs mit nach Hause genommen." Sie stutzte, sah den Ludwig forschend an und überlegte, ob sie ihn mit dem den nächsten Satz eventuell verschrecken würde.

Doch als er ihr aufmunternd zunickte, fuhr sie zögerlich fort: „Ich weiß auch nicht, Ludwig, aber ich hatte das Gefühl, als würde mir doch tatsächlich jemand anschaffen, einen Leberkäs mit nach Hause zu nehmen…"

DER ADMIRAL

*D*er Koffer hatte ein ordentliches Gewicht und die eigens montierten Rollen liefen auch nicht sehr ruhig über den Asphalt. Jeder auf dem Max-Weber-Platz würde jetzt ein unangenehmes Quietschen, begleitet vom Knirschen der Steinchen in den Kugellagern, wahrnehmen. Matteo hatte Mühe, das wuchtige Gepäckstück hinter sich her zu ziehen. Immer wieder musste er stehen bleiben, wenn es sich seinem Willen erbittert widersetzte. Dann stützte er die Hände in die Hüfte, beugte sich zurück und schaute in den Himmel, als erflehe er von dort Unterstützung. Die Antwort war ein tiefes, ruhiges, bayerisches Blau.

Matteo schwitzte. Er stellte sich samt Koffer unter eine Kastanie und sah sich um. Es war einiges los. Die 25er-Tram Richtung Grünwald war schon zweimal an ihm vorüber gerumpelt und die Kreuzung war so belebt, wie man es um zehn Uhr mitten unter der Woche in einer Großstadt eben erwarten konnte. Gut so.

Er zerrte am Ledergriff. Doch der Überseekoffer bewegte sich nicht vom Fleck. Wie ein Admiral stand er da, in seiner dunklen Uniform, versiegeltes Sackleinen, goldene Schnallen, und mit geschmeidigen Griffen, schon ganz weich vom Tragen.

Matteo hatte sich das leichter vorgestellt, das Leben in der Stadt. Doch dann war ihm eine Idee gekommen. Als er den Koffer damals das erste Mal sah, hatte er aufrecht zwischen Kinderkleidung Größe 158 bis 164 auf einer rotkarierten Decke gestanden, dahinter eine Frau mit verschränkten Armen.

„Was wollen Sie dafür?", fragte Matteo.

„Eigentlich ist der gar nicht zu verkaufen", war die prompte Antwort und er wunderte sich.

„Warum steht er dann hier?"

„Deko."

„Aber ich würde ihn gern kaufen." Er streichelte über die Holzleisten und berührte die würdevollen Aufkleber, die den Koffer zierten: Grand Hotel, Handelshof Essen, Dom Hotel, Gasthof zur Post, Paris samt Eiffelturm. Bei Pisa hatte jemand das „P" durchgestrichen und daraus ein „L" gemacht.

„Heißen Sie Lisa?", fragte Matteo und handelte sich ein Schulterzucken ein. Doch ihrem Gesichtsausdruck sah er an, dass er richtig lag.

„Lisa, der Koffer passt nicht zu Ihnen! Kommen Sie schon, ich nehme Ihnen das schwere Ding ab."Er lächelte sein „Niemand-kann-mir-etwas-abschlagen-Lächeln", aber Lisa ließ sich nicht beeindrucken.

Während er alles herausholte, was seine Überredungskunst hergab, behielt er das Gepäckstück im Blick. Dieser Koffer hatte eine Seele. Er war vollgepackt mit Erinnerungen, atmete fremde Welten, Kulturen, Hotels, Suiten, kühle Getränke und unvergessliche Begegnungen. Jeder der ihn sah, würde stehen bleiben. Matteo wollte ihn unbedingt haben. Doch inzwischen hatten andere Besucher des Trödelmarktes den Koffer entdeckt. Neugierig kamen sie näher und Matteo fühlte sich ein wenig in die Enge getrieben.

„Lisa", sagte er eindringlich und suchte erneut den Blick der Kofferbesitzerin.

Die Angesprochene machte eine Geste, so als wolle sie ihn verscheuchen. „Ach, lassen Sie mich in Ruhe. Das ist ein Erbstück meines Großonkels. Den kann ich nicht verkaufen."

„Ah, ich verstehe, Sie sind eine gute Geschäftsfrau!", rief Matteo und einige der Umstehenden klatschten. Inzwischen richteten sie ihre Aufmerksamkeit mehr auf Matteo und die Verkäuferin als auf das Gepäckstück. Matteo genoss die Blicke. Wie in einer Arena hatten sie sich um ihn herum versammelt und sahen zu, wie er um den Koffer herumschlich und auf Lisa einredete.

„Lisa, ich weiß, Sie sind klug, Sie wollen es mir schwer machen."

Die Angesprochene lachte verzweifelt und legte ihre Hand auf das Erbstück. „Nein, das will ich nicht. Ich möchte diesen Koffer einfach nicht verkaufen."

Enttäuschtes Gemurmel der Zuschauer. Doch Matteo ließ sich nicht entmutigen.

„Aber warum steht er dann hier so auffällig?", fragte er.

„Weil ich dachte, das sähe schön aus und würde Kunden anlocken", antwortete Lisa und die Leute drumherum gaben ihre Zustimmung zu verstehen.

„Das hat funktioniert, Sie haben mich angelockt", konterte Matteo.

Lisa seufzte. „Sind Sie immer so hartnäckig?"

Da sah Matteo ihr einen Moment lang in die Augen und wusste nicht, was er sagen sollte. Er war ja noch nicht lange in München. Als er frisch angekommen war, hatte er noch gedacht, man würde in so einer großen Stadt leicht Freunde finden. Bei so vielen Menschen. Es würde Gelegenheiten geben und man würde ins Gespräch kommen, der Rest würde sich dann von selbst ergeben. Doch er hatte die Geschwindigkeit der Münchner unterschätzt. Sie liefen zu schnell, rannten zur U-Bahn, hasteten aus dem Büro, aßen unterwegs, tranken ihren Kaffee im Laufschritt. Matteo hatte es mehrmals versucht, er wollte sie unbedingt zum Stehenbleiben bringen. Ein paar oberflächliche Gespräche sprangen manchmal heraus, mehr nicht. Alles blieb flüchtig und verschwand so schnell wie der Morgendunst.

Dieser Koffer berührte ihn sehr, wie er da so still und würdig stand. Das war mindestens ein Admiral, dachte Matteo. Den konnte man nicht ignorieren. Jetzt fiel ihm wieder ein, dass Lisa ihm gerade eine Frage gestellt hatte. War er hartnäckig? Was war er? Ein Zugereister – aber einer, der noch nicht da war. Manchmal hatte er das Gefühl, er wäre unsichtbar. Niemand nahm Notiz von ihm. In dem Haus, in dem er wohnte, war der Kontakt zu seinen Nachbarn bisher kaum über eine flüchtige Begrüßung hinausgekommen. Dabei hatte er sich schnell das ortsübliche „Grüß Gott" angewöhnt. Er grüßte jeden der ihm begegnete, auch, wenn er nur den Müll runterbrachte. Er wohnte in der Dachgeschosswohnung und war nicht aus Deutschland, das wussten alle. Er lächelte und sie sahen durch ihn hindurch, wie durch ein leeres Glas.

Matteo schüttelte seine Gedanken ab und wandte sich wieder der Gegenwart zu. „Ich bin Matteo", sagte er jetzt und Lisa seufzte wieder.

Sie sah zwischen ihm und dem Koffer hin und her. „Sie bringen mich in eine unangenehme Lage."

„Das ist nicht meine Absicht."

Lisa wandte sich ab, sortierte Kinderkleidungsstücke, die sie um den imposanten Koffer herum ausgelegt hatte. Matteo musste an den Mittelpunkt der Welt denken, seiner neuen Welt!

„Himmel, wenn ich gewusst hätte, dass ich Ihnen heute begegne, wäre das sperrige Ding zu Hause geblieben. War schwer genug, es hierherzuschleppen."

Matteo betrachtete den Koffer und dachte an die Kastanien, wie sie im Herbst auf die Pflastersteine prasselten. Als er das erste Mal eine aus ihrem Stachelkleid geschält und sie glatt und anheimelnd in seinen Händen gehalten hatte, wollte er sie nicht mehr loslassen. Genauso erging es ihm mit dem Gedanken, der sich in diesem Augenblick aus seinem Unterbewusstsein herausschälte. Er musste diese Frau dazu bringen, ihm diesen Koffer zu überlassen.

„Das wird gut!", sagte er laut, ohne es zu wollen.

Lisa sah ihn verwundert an. „Wie bitte?"

„Bitte Lisa, bitte verkaufen Sie mir den Koffer! Ich verspreche, ich werde ihn gut behandeln und ich werde die Erinnerung an Ihren Onkel in Ehren halten."

Bevor sie erneut den Kopf schütteln konnte, hob er die Hand wie zum Schwur: „Ich werde einmal im Jahr eine Kerze für Ihren Onkel anzünden, in der gelben Kirche, bei den Löwen."

„Meinen Sie die Theatinerkirche?", fragte Lisa.

„Genau die."

Lisa schüttelte den Kopf. Doch nicht mehr so energisch wie zuvor, glaubte Matteo. Ihr Blick war weicher. Ihm fielen Lisas haselnussbraune Augen auf, in die sich ein paar goldene Punkte verirrt hatten, und er bemerkte den Ring an ihrem Finger. Die Guten waren immer vergeben.

Sie fing seinen Blick auf, verschränkte die Arme vor der Brust und nahm einen geschäftlichen Ton an. „Wofür brauchen Sie den Koffer überhaupt?"

Matteo lachte laut auf. „Muss das jeder Käufer verraten?"

„Natürlich nicht, aber dies ist eben ein besonderes Stück. Also, was wollen Sie damit machen?"

Er zögerte und versuchte es mit der Wahrheit: „Ich glaube, mit diesem Koffer kann man Freunde finden!" Ob es dieser Satz oder sein flehentlicher Blick gewesen war, der Lisa doch noch überzeugt hatte, sollte Matteo nie erfahren, aber er erreichte sein Ziel.

„Für fünfzig können Sie ihn mitnehmen. Das ist ein guter Preis." Viel Geld für Matteo, trotzdem schlug er ein.

Die Zuschauer, die geblieben waren, klatschten begeistert und klopften ihm auf die Schulter.

Auf diese Weise hatte der Admiral den Besitzer gewechselt und Matteo erinnerte sich an das Glücksgefühl, als er seinen Schatz mit dem Bus nach Hause gebracht hatte. Im Baumarkt kaufte er ein paar Rollen, die er unter den Koffer schraubte, um ihn großstadttauglich zu machen. Denn wer wollte schon so ein sperriges Teil mit sich herumschleppen? Aber trotz der Rollen war es nicht einfach, den Koffer zu bewegen. Der Admiral hatte einen unbeugsamen Willen. Er wehrte sich prinzipiell gegen jede Art der Fortbewegung. Die Rollen richteten nur wenig aus. Fast schien es so, als ordneten sie sich dem Willen des Koffers unter, sie schliffen und quietschen, was das Material hergab. Sein neuer Gefährte, der alte Befehlshaber, stand stramm und verhielt sich störrisch wie ein Esel. Doch genau genommen passte das gut in Matteos Plan. Denn Matteo wollte ja nicht verreisen, er wollte ankommen.

So war es auch an diesem Morgen. Der Admiral gab alles, um nicht vom Fleck zu kommen. Dass Matteo sich heute besonders abmühen musste, lag aber vielleicht auch an den Büchern, die er eingepackt hatte. Einen leeren Koffer durch die Stadt zu ziehen, wäre ihm dann doch komisch vorgekommen. Das Gewicht machte ihn glaubwürdiger.

Endlich hatte Matteo sein Gepäckstück wieder in Bewegung gesetzt und unternahm eine weitere Runde um den Pavillon mit den markanten Bögen herum. Erst als ihm der Schweiß über die

Stirn lief und das T-Shirt am Rücken klebte, blieb er stehen und setzte sich mit einem hörbaren Seufzen auf den Rand des Koffers. Das mochte der Admiral auch nicht, doch Matteo genoss die kleine Rache an dem widerspenstigen Ding. Er zog einen Stadtplan aus der Tasche und faltete ihn umständlich auf. Dann vertiefte er sich in die farbigen Linien, drehte die Karte linksherum und rechtsherum, hob mehrfach den Blick und sah angestrengt irgendwohin.

„Kann ich helfen?"

Matteo verfolgte mit seinem Finger auf dem Plan die blaue Ader, die durch München pulsierte.

„Wollen Sie zur Isar?", fragte ein Mann, der stehen geblieben war.

Matteo nickte, ließ sich den Weg auf der Karte zeigen und stellte sich dabei bildlich vor, wie er den Admiral zum Maximilianeum zerren, von dort aus der halbrunden Straße abwärts folgen, auf die Maximiliansbrücke gelangen und von dort die Isar sehen würde. Der Mann beschrieb ihm genau, wohin er gehen musste.

„Es sind nur wenige Minuten zu Fuß. Und wenn Sie da sind, nehmen Sie sich ein bisschen Zeit. Genießen Sie den Blick auf Münchens berühmten Fluss. Das lohnt sich", sagte er noch lächelnd und klopfte Matteo im Weggehen auf die Schulter.

„Danke", rief dieser ihm hinterher, dann griff er den störrischen Admiral und wechselte die Straßenseite. Er zog ihn ein paar Schritte hinter sich her, bis der Mann außer Sichtweite war, dann blieb er stehen, legte den Koffer auf die Seite und setzte sich darauf. Der Admiral ächzte und Matteo klopfte ein paar Mal auf dessen Flanke, wie er es bei einem alten Esel tun würde. Während er so dasaß, konnte er die Leute dabei beobachten, wie sie ihn beobachteten. Matteo war der einzige Mensch weit und breit, der auf einem Koffer saß. Die Münchner betrachteten ihn argwöhnisch und wurden tatsächlich ein bisschen langsamer. Manche blieben in sicherer Entfernung stehen und besahen sich das Duo: den fremden Mann auf dem großen Koffer. Matteo grinste und der Admiral stöhnte.

„Mama, was ist in dem Koffer?" Ein Kind stand da, ein Mädchen, vielleicht fünf Jahre alt. Matteo lächelte. Er mochte Kinder.

„Was glaubst du, was da drin ist?", fragte er, bevor die Mutter etwas sagen konnte.

„Ein Walfisch", rief die Kleine, ohne lange zu überlegen.

„Genau", antwortete Matteo und grinste.

„Aber dann hätte der Arme ja gar kein Wasser", warf die Mutter ein und die Tochter zog eine Schnute.

„Doch, da ist sogar ganz viel Wasser drin", versicherte Matteo. „Ich habe es selbst reingegossen. Darum ist der Koffer ja auch so schwer."

Das Mädchen machte Anstalten, den Koffer anzuheben. „Der ist sehr schwer, Mama!"

„Trotzdem musst du nicht alles glauben, was man dir erzählt. Denk ein bisschen nach."

Das Mädchen ging in die Hocke, legte den Kopf auf den Koffer und Matteo rutschte ein wenig zur Seite. „Man hört kein Wasser gluckern", stellte sie sachlich fest.

„Hmm", machte Matteo.

„Komm Alina", sagte die Mutter. „Wir müssen weiter."

„Ich will erst sehen, was da drin ist."

Da neigte sich Matteo zu ihr und flüsterte: „Es ist genau das drin, was du glaubst."

„Wirklich?"

„Sicher", schwor Matteo.

Die Kleine sprang auf. „Mama, da ist doch ein Walfisch drin!"

Die Mutter des Mädchens lächelte, nahm ihre Tochter an der Hand und die beiden schlenderten davon, etwas langsamer als vorher und in ein Gespräch über Walfische vertieft.

Als Matteo an diesem Abend nach Hause kam, war er schon halb zufrieden. Ein paar Münchner waren stehen geblieben, es waren aber noch keine langen Gespräche entstanden. Trotzdem war er positiv gestimmt. Matteo stellte den Admiral aufrecht unter die Dachschräge seines Wohn-Schlafzimmers. Der passte gerade so hinein und sah hier noch mächtiger aus. Das gefiel dem alten Lederkasten und Matteo hatte ihn von seinem Bett aus gut im Blick.

„Morgen machen wir weiter, alter Knabe", sagte er und weil der Admiral nicht widersprach, wertete Matteo das als Zustimmung.

Am nächsten Morgen war Matteo früh auf, zog sich ordentlich an, so wie es seiner Mutter gefallen hätte, und schepperte samt Admiral die 67 Stufen von seiner Dachgeschosswohnung ins Erdgeschoss hinunter. Er kaufte sich einen Kaffee und suchte sich einen belebten Gehweg an einer Straßenkreuzung. Dort kippte er den Koffer auf die Seite, setzte sich darauf und wartete.

ISAR
RAUSCHEN

E s war Sommer. Die halbe Stadt würde irgendwo an der Isar herumfläzen, dachte Maria und freute sich. Sie zerrte ihren Rucksack aus dem Schrank und packte eine Decke, eine Flasche Wasser, Notizbuch, Mikrofon und die Breze ein, die vom Frühstück übrig geblieben war. Dann schnappte sie sich eine dünne Jacke und rannte zu ihrem Fahrrad, das wie immer draußen an der Straßenlaterne angekettet war. Es war ein altes Fahrrad, das sie etwas aufgehübscht hatte. Nun strahlte es in einem lichten Hellgrün. Auf dem Rahmen blühten getupfte Margeriten und von Weitem sah es deutlich besser aus, als es in Wirklichkeit war.

Maria schmiss ihren Rucksack in den Weidenkorb, der auf dem Gepäckträger befestigt war, und radelte Richtung Flaucherstieg, wo immer was los war. Schon bald musste sie ihr Tempo drosseln, weil so viele Leute – mit Radlanhängern voller Kinder, Bierkästen, Federballspielen, Einmalgrills und Holzkohle, aufklappbaren Stühlen, Isomatten oder einem Tross von Freunden im Schlepptau – unterwegs waren. Maria blieb stehen und nahm die Geräuschkulisse in sich auf. Jemand klingelte sich den Weg frei, ein Kind wollte ein Eis, Lachen, Reden, Weinen, Scheppern, Gummireifen rutschten über den Kies und dazwischen das magische Timbre der Isar. Wieder einmal dachte sie darüber nach, warum Menschen sich so vom Wasser angezogen fühlten. Ihr selbst ging es ja nicht anders.

Maria war im Glockenbachviertel aufgewachsen. Die Isar war ein Teil ihrer Seele. Sie kannte viele Plätze, auch die leisen, zu weit weg, um Einmalgrill und Bierkasten hinzuschleppen. Da wo der Wildwasserfluss sich selbstbewusst gab und die Kiesbänke ihm immerzu ein neues Bett richteten. Flussbett, hier passte der Name, fand Maria.

Manchmal stellte sie sich vor, sie sei in Kanada, während der Fluss wuchtig an ihr vorüberglitt. Dann legte sie sich auf die aufgeheizten Steine und schaute ins Himmelblau. Wenige weiße Wölkchen trieben sich dort oben herum. Bayerischer Himmel und ein Gefühl von Kanada im Herzen. Sie hörte das Wasser, wie es rundgeschliffene Steine vor sich her wälzte. Sie schlickerten über- und untereinander, ungeduldig und in Bewegung, niemals still. Ein bisschen gelangweilt klang es, als würde ein großes Kind damit spielen und dabei schon an das nächste Abenteuer denken. Schwatzhafte Wellen plätscherten und glucksten, machten sich lustig über das Kind. Diese spezielle Melodie setzte sich in ihrem Gehirn fest und so hörte Maria abends auf dem Kopfkissen immer noch das unaufhörliche Klacken der Isarsteine.

Auf dem Heimweg von ihrem erdachten Kanada war sie am Georgenstein vorbeigekommen. Georg, ein Flößer, war dort einst gekentert und hatte den heiligen Namenspatron um Hilfe gebeten. Nachdem er gerettet worden war, hatte er diesem ein Denkmal gesetzt. Hier ging es vor allem dann lebhaft zu, wenn eines der vollbesetzten Flöße sich am Felsen vorbeischob. Die Männer und Frauen an Bord hatten noch eine Riesengaudi im Leib, weil sie aus dem Mühltal kommend mit dem tonnenschweren Floß eine dreihundert Meter lange Rutsche hinabgerauscht waren. Einmal war Maria dabei gewesen und hatte eine ordentliche Ladung Isarwasser abbekommen. Das ohrenbetäubende Johlen und Schreien der Floßgemeinschaft würde sie niemals vergessen. Erwachsene Menschen verwandelten sich in Kinder, jauchzten und strahlten, prall gefüllt mit unbändiger Lebensfreude und Münchner Bier. Die Floßkapelle spielte „Highway to Hell".

Doch heute wollte Maria an den Flaucher. Sie schlängelte sich mit ihrem Rad vorsichtig durch die Menschentrauben. Schließlich fand sie die Stelle, an der man die Brücke verlassen und ein paar Stufen hinuntergehen konnte. Maria schulterte ihr Rad und nahm es mit an den für München so berühmten Schotterstrand. Die Anhänger der Freikörperkultur hatten sich hier ein Refugium geschaffen, aber man durfte auch angezogen bleiben.

Maria breitete ihre Decke aus und setzte sich. Dann sah sie sich um. Nackte sprachen immer leise. Sie wusste nicht, wann ihr das das erste Mal aufgefallen war. Es schien, als wollten die textillosen Sonnenanbeter ihre Intimität durch einen Flüsterton schützen, während sie vor sich hin brutzelten. Man wisperte und neckte sich, ohne jedoch das Nacktsein weiter zu beachten. Alle Geräusche hier waren anders, ganz anders als oben auf der Brücke. Es war ein bisschen so, als hätte jemand den Ton gedimmt, das Rauschen der Isar mit einem Regler in den Vordergrund geschoben, sodass der Fluss alle mühelos einhüllte. Maria war immer wieder aufs Neue fasziniert von diesem einzigartigen Klangraum. Sie holte ihr Notizheft aus der Tasche, um die passenden Worte dafür zu finden. Bisher war ihr das noch nicht gelungen. Vielleicht lag es ganz einfach daran, dass sie sich nicht auszog.

„Du hier?"

Jemand hatte laut gesprochen. Maria löste ihren Blick von der glitzernden Wasseroberfläche und sah auf. Irgendetwas hatte sich in ihr geregt, als sie die Stimme hörte. Doch der Mann, der gesprochen hatte, war ihr fremd.

„Entschuldigung?", fragte sie deshalb und schirmte ihre Augen mit der Hand vor der Sonne ab. Vor ihr stand ein nackter Mann. Beide Hände in die Hüften gestemmt. Diese Pose nahmen unbekleidete Menschen oft ein, wenn sie miteinander sprachen. Sie reckten ihre Körpermitte nach vorn. Hier bin ich, hier steh ich und ich schäme mich nicht, sollte das wohl heißen.

Maria fühlte sich deplatziert, wie sie so komplett bekleidet auf ihrer Decke saß. Den Mann schien das aber nicht zu stören. „Ja, kennst du mich nicht mehr?"

Diese Stimme, dachte Maria, diese Stimme kenne ich, und sie überlegte fieberhaft, während der Nackte sie seelenruhig von oben herab ansah. Es war eine recht tiefe Stimme, ein bisschen rostig und spröde, die sich wohl erst ab einer gewissen Lautstärke richtig entfalten würde.

„Ist ja auch eine Zeit lang her", gab er zu bedenken und Maria überlegte angestrengt.

„Also, ich wüsste nicht..."

„Maria! Du heißt doch Maria? Siehst, ich habe dich nicht vergessen."

Maria durchzuckte es. Sie hatte wirklich keine Ahnung, wer das war. So wie er aussah, hatte er schon einige Sonnenstunden hinter sich. Bestimmt einer, der im Sommer jeden Tag hierherkommt, dachte sie.

Er strich sich über den Bauch und grinste. „Gut, ich hab ein bisschen zugenommen. Du schaust aber immer noch aus wie früher. Echt."

Bevor Maria etwas erwidern konnte, hatte er sich schon zu ihr auf die Decke gesetzt. Das passte ihr gar nicht! Sie wollte keinen nackten Mann neben sich sitzen haben. Doch sie wusste nicht, wie sie ihm das begreiflich machen sollte. Wehmütig sah sie zur Isar und meinte für einen kurzen Moment zu hören, dass der Fluss sie auslachte. Aber der Fremde holte sie wieder in die Realität zurück.

„Also jetzt rate mal. Das gibt's doch nicht, dass du mich nicht mehr erkennst."

Maria sah ein, sie würde ihn nur loswerden, wenn sie ihn endlich wiedererkannte.

„Okay, rede ein bisschen", sagte sie deshalb und schloss die Augen.

Der Angesprochene lachte auf, kam ihrer Bitte aber nach. „Okay, wir haben uns das letzte Mal vor zwölf Jahren gesehen. Du hattest damals ein schwarzes Kleid und weiße Kniestrümpfe an."

Maria öffnete die Augen. „Das weißt du noch so genau?", fragte sie.

„Ganz genau", war die Antwort.

Sie machte die Augen wieder zu und konzentrierte sich auf die Stimme. Schon als Jugendliche hatte sie sich keine Gesichter merken können. Genau genommen hatte sie sich nichts merken können, was anderen ins Auge stach. Sie übersah das neue Auto der Nachbarn, die frische Farbe an der Fassade, sie erkannte ihre Tante nicht, selbst wenn diese direkt an ihr vorbeilief, sie verwechselte sogar den eigenen Hauseingang, weil alle in der Straße sich ähnelten. Ihre letzte Autofahrt vor Jahren hatte damit geendet, dass sie auf dem Weg zur Chorprobe in Giesing mehrfach auf der Autobahn gelandet war und immer wieder dieselbe Ausfahrt genommen hatte, um wenig später erneut auf der Autobahn zu landen. Sie hatte mehr als drei Stunden gebraucht, um sich aus diesem Karussell zu befreien, und hatte sich unter Tränen geschworen, niemals wieder Auto zu fahren.

Manchmal glaubte sie, sie sei so etwas Ähnliches wie blind. Aber das war es natürlich auch nicht. Sie konnte ja sehen. Nur wurde das, was sie sah, nicht abgespeichert, sondern floss ungehindert durch ihr Hirn hindurch. Später lernte sie, damit umzugehen, vor allem, weil sie eine andere Fähigkeit besaß, die ihr oft aus der Patsche half.

„Du hast wirklich ein phänomenales Gedächtnis für Melodien", hatte ihr Musiklehrer gesagt. Jedes Lied, das sie einmal gehört hatte, erkannte sie gleich wieder und konnte es mitsingen.

Maria wusste, dass sie nicht nur für Melodien, sondern auch für Geräusche, für Stimmen, eben für alles, was Klänge erzeugte, eine Art Tonstudio in ihrem Kopf besaß. Dort zerlegte sie sämtliche Laute und Töne in ihre Einzelteile und sezierte sie in feinste Nuancen. Und während sie so darüber sinnierte, schälte sich ein Name aus ihrer Erinnerung.

„Markus", hauchte sie und fühlte unbändige Erleichterung. Sie hörte, wie er seine Handflächen auf die Oberschenkel klatschte. Wie ein Schnitzel, bevor man es paniert, schoss es ihr durch den Kopf.

„Richtig. Wurde aber auch Zeit. So sehr habe ich mich auch nicht verändert, oder?"

Maria blinzelte gegen die Sonne. „Na ja, damals hast du einen dunklen Anzug getragen."

„Stimmt! Und weiße Kniestrümpfe, genau wie du."

Sie lachten, Maria ein bisschen schrill, weil es ihr geradezu absurd vorkam, dass Markus völlig nackt von weißen Kniestrümpfen erzählte. Sie versuchte, seinen Körper auszublenden und ihm nur in die Augen zu sehen.

„Und was machst du hier?", wollte sie wissen.

„Nach was sieht es denn aus?"

Er schmunzelte und Maria wusste, dass er sich an ihrer Verlegenheit ergötzte.

Sie brachte ein Lächeln zustande.

„Aber mal ehrlich", hakte er nach. „Warum hast du dir in dem Aufzug", er zupfte an ihrer Jacke, „gerade diesen Platz ausgesucht?"

Die Frage war berechtigt. Maria fiel hier auf wie ein Borussia-Fan in der Bayern-Kurve.

„Und jetzt sag nicht, du wolltest allein sein."

„Nein, natürlich nicht." Sie wusste, der Flaucher war einer der belebtesten Plätze an der Isar.

„Ich mag die Geräusche hier."

Er nickte. „Ich erinnere mich. Das war schon immer so ein Spleen von dir. Singst du noch?"

„Im Chor meinst du? Nein. Schon lange nicht mehr."

„Zwölf Jahre ist das jetzt her." Er seufzte und sah an ihr vorbei.

„Richtig, zwölf Jahre."

Maria erinnerte sich gut, sie war die Springerin bei den Frauenstimmen gewesen. Egal wer fehlte, sie konnte jeden Platz einnehmen und die Stimme singen. Markus stand fest verankert im Tenor. Sie hörte ihn und die beiden anderen Tenöre heraus. In einem Tagebucheintrag aus jener Zeit beschrieb sie, was eine „tragende Stimme" sei. Vor allem Theo, nicht Markus, hatte so eine Stimme gehabt. Er sammelte die schwebenden, silberhellen Frauenklänge ein und unterstützte sie mit seinem markigen Grundton. Maria notierte damals: „Theo nimmt mich auf seinen Arm und trägt mich Stufe für Stufe hinab". Unten angekommen, so stellte sie sich vor, setzte er sie dann vorsichtig auf den Boden ab. Natürlich nur musikalisch.

Maria lächelte versonnen und Markus räusperte sich. Er ähnelte im Moment kaum dem smarten Jungen von damals aus dem Tenor-Trio.

„Was machst du so?", fragte sie, um ihre Gedanken zu unterbrechen.

„Ach, so dies und das. Und du? Was arbeitest du?", wollte er wissen.

Wenn einem nichts anderes einfällt, dann fragt man nach der Arbeit, dachte Maria. „Ich sitze an der Supermarktkasse", behauptete sie und registrierte, dass seine linke Augenbraue mit einem Zucken auf diese Information reagierte.

„Tatsächlich?", fragte er und seine Stimme war eine Spur höher geworden.

„Was dagegen?"

„Nein, warum, es wundert mich nur."

Maria ließ seine Bemerkung unkommentiert. Sicher hätte er anders reagiert, wenn sie verraten hätte, dass sie in Wahrheit Geräusche sammelte. Jeden Tag spürte sie in der bayerischen Metropole neuen Klangkompositionen nach. Sie fand sie in der Natur, auf dem Viktualienmarkt, in einem Hinterhof, auf der Rolltreppe, im Café, im Schwimmbad – manchmal sogar unter Wasser, in der U-Bahn, in der Stadtbibliothek, in der Uni. Jeder Zentimeter dieser Stadt hatte seine eigenen spezifischen Tonmuster, die sich wiederholten, übereinander schoben und ständig veränderten. Manchmal führte Maria eine Gruppe Klang-Touristen durch ein paar Straßen und verband ihnen an manchen Stellen die Augen. Dann tat sich eine Welt in der Welt auf, die ihnen bis dahin verborgen geblieben war. Nur blinde Menschen, die wussten es besser.

Später in ihrem Tonstudio zu Hause ahmte Maria einige der gefundenen Geräusche nach. Als Geräuschemacherin verdiente sie ihr Geld, als Geräuschesammlerin lebte sie ihre Leidenschaft. Doch sollte sie das einem nackten Mann, den sie an der Isar getroffen hatte, erzählen?

„Ich mag es", sagte sie und meinte das Geräuschesammeln.

„Und du?", fragte sie und wünschte sich, er würde jetzt einfach aufstehen und gehen. Doch er machte keine Anstalten, ihr diesen Wunsch zu erfüllen.

„Was hätte aus uns werden können, Maria", war seine Antwort und dabei sah er sie durchdringend an. „Wusstest du, dass ich damals bis über beide Ohren in dich verliebt war?"

„Du?" Maria war ehrlich überrascht. „Davon habe ich gar nichts gemerkt."

„Ja, weil du immer in deiner eigenen Welt unterwegs warst. Genau genommen waren wir alle in dich verliebt! Alle drei Tenöre. Simon, Theo und ich."

„Alle? Aber das kann doch nicht sein."

Markus zuckte mit den Schultern. „Du musst wirklich blind gewesen sein, wenn du das nicht gemerkt hast." Markus grinste. „Theo hat dir sogar einmal einen Liebesbrief geschrieben. Den hat er an dein rosa Fahrrad geheftet."

„Oh nein! Ich habe ewig versucht herauszufinden, von wem der Brief war."

„Ich weiß. Aber Theo, der Feigling, hat sich ja nicht getraut, es dir zu sagen."

Marias Wangen brannten und sie vergaß sogar, dass Markus nackt neben ihr saß. Der Schweiß rann an seinem lederbraunen Körper herunter, während sich Maria die Zeilen des einzigen Liebesbriefes in Erinnerung holte, den sie jemals bekommen hatte:

Liebe Maria,

ich glaube, ich muss alle Worte neu lernen. Niemals zuvor habe ich einen solchen Brief geschrieben und alles, was mir einfällt, streiche ich wieder, weil es sich einfach nicht richtig anhört.

Am besten könnte ich dir wohl vorsingen, was ich sagen will. Wusstest du, dass ich früher furchtbar gestottert habe? Das Singen hat mich geheilt. Muss niemand wissen. Ich fühle mich in der Welt der Klänge einfach wohl. Musik ist mein warmer Pullover. Verstehst du das?

Klar. Du singst ja auch. Aber du tust noch viel mehr. Ich sehe dir beim Singen zu. Dann verändert sich dein Gesichtsausdruck und ich glaube, du reist dann an einen anderen Ort. Ich würde dich so gern begleiten… Ich würde so gern mit deinen Ohren hören und mit deiner Stimme singen, nur um dir nahe zu sein, Maria.

Bitte nimm mich mit auf deine Reisen. Ich verspreche, leise zu sein und dich nicht zu stören.

Verdammt, ich merke ja selbst, wie blöd das alles klingt. Ich komme mir gerade vor wie ein schräger Ton! Es knirscht in meinen Ohren, wenn ich das lese. Aber ich schreibe trotzdem weiter.

Immer, wenn ich dich sehe, denke ich: Frag sie einfach, was ist schon dabei? Aber dann mache ich es doch nicht. Du bist mein Crescendo. Je mehr ich an dich denke, desto mehr muss ich an dich denken. Du wirst lauter und lauter in meinen Gedanken. Verrückt.

Maria, heute werde ich diesen Brief an dein Fahrrad kleben. Und dann sehen wir, was passiert.

Es grüßt
dein schiefer Ton

Den Brief hatte Maria unter ihrem Kopfkissen versteckt und nächtelang über den Verfasser nachgegrübelt. Sie verstand jedes Wort. Er dachte wie sie. Danach hatte sie lange versucht, diesen Seelenverwandten ausfindig zu machen. Ohne Erfolg.

„Theo hat mir den Brief geschrieben?", fragte sie laut.

„Wird schon so ein verschwurbeltes Zeug gewesen sein." Markus war aufgestanden. „Na ja, ist lange her. Aber es war schön, dich mal wiederzusehen, Maria."

Er tatschte ihr auf die Schulter. „Und wenn du das nächste Mal herkommst, lass ruhig ein paar Klamotten weg!"

Mit diesen Worten verließ er sie.

Maria richtete ihre Aufmerksamkeit auf die Isar. Dieser Fluss würde unbeirrbar seinem Weg zur Donau folgen, egal, was ein nackter Mann zu einer bekleideten Frau am Ufer gesagt haben mochte.

„Manchmal fließt das Leben an einem vorbei", flüsterte Maria.

Die Antwort war ein verständiges Murmeln.

BESUCH IST DA

*J*oseph und Franziska sitzen am Wohnzimmertisch, wohlige Stille umgibt sie. Die Standuhr tickt. Das Telefon haben sie stumm gestellt. Es ist Sonntag.

„Herrlich, diese Ruhe, nicht?"

„Doch", antwortet Joseph.

„Und ich finde es richtig gut, dass wir uns nicht so gehen lassen. Unsere Hausanzüge sind wirklich sehr chic. Damit könnte ich sogar zum Bäcker rübergehen", murmelt Franziska, während sie zur Kaffeetasse greift.

„Ja, das könntest du", bestätigt Joseph.

„Aber ich muss ja nicht. Es ist alles da."

„Richtig, sehr angenehm."

Joseph blättert in der Zeitung, schüttelt dabei gelegentlich den Kopf. „Immer was los auf dieser Welt."

„Umso wichtiger, dass man es sich am Sonntag gemütlich macht. Möchtest du noch Kaffee?"

Ihr Mann schüttelt den Kopf, Franziska schenkt trotzdem nach.

„Die Kürbissuppe können wir heute nochmal aufwärmen."

Er nickt. Die Standuhr tickt. Franziska knibbelt irgendetwas Eingetrocknetes von der Tischplatte und seufzt hörbar.

„Herrlich. Wie ich es immer sage, Joseph?"

Ihr Mann sieht von seiner Lektüre auf. „Was denn, Liebes?" Gelegentlich ist Joseph etwas abwesend.

Franziska lächelt ihn nachsichtig an. „Ich sage es doch immer wieder: Diese Ruhe ist ein Segen, ein wahrer Luxus. Es soll Menschen geben, die niemals ihre Ruhe haben. Schlimm, so was."

„Ja, schlimm", antwortet ihr Mann und vertieft sich erneut in seine Zeitung. „Auf der Schwanthaler Höhe haben sie einen umgebracht", murmelt er.

Franziska streicht den Samt ihrer Hose in eine Richtung glatt und summt leise. „Man müsste die Küchenschränke mal wieder feucht auswischen", sinniert sie.

„Hast du das nicht erst gemacht?", fragt Joseph, diesmal ohne seinen Blick von der Zeitung zu lösen.

„Stimmt. Dann werde ich eben unser Bett neu beziehen."

„Das ist gut", antwortet Joseph, weil er am liebsten in einem frisch bezogenen Bett schläft. Das Waschmittel duftet nach Apfel.

„Aber sonst mache ich nicht viel, das sage ich dir. Schließlich will ich den Sonntag auch genießen." Franziska greift ihre Tasse mit beiden Händen, lehnt sich genüsslich in ihrem Stuhl zurück und schließt die Augen.

„Hach, diese Ruhe."

Die Standuhr tickt.

Es klingelt. Es klingelt noch einmal.

Josephs und Franziskas Blicke verkeilen sich sekundenschnell ineinander, alarmiert schauen sie sich an. Zeitung und Kaffeetasse verharren wie schockgefrostet in der Luft. Es kann nur ein Versehen sein, ein Klingelstreich, eine Sinnestäuschung, keinesfalls ernst zu nehmen. Sie warten erst einmal ab, nichts ist mehr zu hören. Es ist schließlich Sonntag. Wie zur Bestätigung läuten in diesem Moment die Glocken von St. Margaret herüber. Joseph und Franziska lauschen angestrengt, hören das Glockengeläut, weiter nichts. Gut so. Das Ehepaar entspannt sich, Kaffee und Zeitung lösen sich aus ihrer Erstarrung.

Doch dann klingelt es erneut, diesmal mit Nachdruck, mehrmals hintereinander. In seiner Wiederholung entwickelt der Klingelton eine Dringlichkeit, die keinen Aufschub duldet. Joseph und Franziska sehen sich an und der Wahrheit ins Gesicht.

„Es klingelt", stellt Franziska fest und die Unmöglichkeit dieser Tatsache verleiht ihrer Stimme einen überspannten Klang. So redet sie sonst nur mit der Huberin von nebenan, wenn die ihre Glasflaschen wieder einmal zu energisch in den Glascontainer knallt.

Joseph hat seine Zeitung inzwischen auf dem Tischchen abgelegt, verharrt aber noch unentschlossen. „Erwarten wir jemanden?", fragt er.

„Natürlich nicht. Es ist Sonntag!" Es klingelt erneut.

„Aber es klingelt doch", murmelt Joseph, stemmt sich aus seinem Sessel hoch und wendet sich Richtung Wohnungstür. Seine Frau folgt ihm.

„Wer kann das sein?" Franziska, die Joseph an Spontanität und Tatkraft übertrifft, schiebt ihren Mann zur Seite und drückt entschlossen den Türöffner. Die Türe öffnet sich, Joseph postiert sich so hinter seiner Gattin, dass er bequem über ihre Schulter sehen kann. Männer sollten grundsätzlich immer etwas größer als ihre Ehefrauen sein, findet er.

Die Tür schwingt auf. Eine Dame mit Hut hebt stürmisch die Arme: „Mei, bis ihr mal aufmacht, aber jetzt bin ich ja da!"

„Das ist schön", antwortet Joseph sogleich und tritt einen Schritt zurück, gefolgt von Franziska. Die Dame schlüpft in die Wohnung. An der Garderobe im Flur hängt sie unaufgefordert Mantel und Hut auf. Ihre Locken glänzen silbrig mit einem Stich ins Rosa. „Rieche ich Kaffee?"

„Ja, wir haben uns gerade einen gemacht."

„Das ist genau das, was ich jetzt brauche. Ich habe was Süßes mitgebracht." Umständlich zieht sie eine Papiertüte aus ihrer Tasche.

„Ich hole Teller", bietet Franziska an und verschwindet in die Küche.

„Schön habt ihr es", stellt die Besucherin fest und schaut sich um.

„Wir wohnen ja schon über dreißig Jahre hier, genug Zeit, um sich schön einzurichten", antwortet Joseph und marschiert voraus in das Wohnzimmer.

„Was? So lange schon?"

„Ja, es war ein Erstbezug damals."

„Und wir haben nicht vor, hier wieder wegzugehen", ruft Franziska, die sich mit Tablet, Tellern und einer weiteren Kaffeetasse für den Besuch nähert. „Wir haben es so bequem hier und meistens ist es auch sehr ruhig. Stimmt's Joseph? Vor allem am Sonntag."

Die Dame nickt verständnisvoll und die silbrigen Locken wippen. Entspannt setzt sie sich an den Tisch, den Franziska inzwischen gedeckt hat. Die mitgebrachten Blätterteigteilchen machen sich gut auf den geblümten Tellern. Dazu legt sie passende Servietten.

„Aber es ist doch schön, dass ich heute mal hier bin."

„Natürlich", pflichtet ihr Joseph bei. „Über Besuch freuen wir uns zu jeder Zeit." Er greift sich eine Blätterteigtasche mit Vanillefüllung.

Franziska gießt dem Gast eine Tasse Kaffee ein und bedient sich dann ebenfalls. „Hmm, Apfelfüllung. Die mag ich am liebsten."

Joseph schaut auf, die Dame lächelt. „Ich weiß doch, was gut ist." Sie entscheidet sich für die Kirschfüllung. Dann ist es eine Weile still. Alle essen, die Standuhr tickt.

„Wir haben uns lange nicht mehr gesehen", verkündet der Besuch.

„Ja, sehr lange", bestätigt Joseph.

Franziska nickt.

Die Besucherin tupft sich mit der Serviette den Mund. „Und was gibt es Neues?"

„Neues?" Franziska sucht den Blick ihres Gatten.

„Letzten Monat ist der Kühlschrank kaputtgegangen", stellt Joseph fest.

„Ach was, tatsächlich?"

Franziska stöhnt. „Ich kann dir sagen, das war eine Sauerei. Wir haben es ja erst gar nicht gemerkt."

Joseph schaltet sich ein: „Du nicht, aber ich hatte schon ein paar Mal gesagt, dass es irgendwie aus dem Kühlschrank stinkt".

Seine Frau wiegt den Kopf theatralisch hin und her, verdreht die Augen. „Also wenn ich immer auf alles hören würde, was du sagst..." Sie wendet sich an ihren Gast. „Für ihn zählt ja genau genommen nur noch, was in der Zeitung steht."

Der Besuch schnappt sich ein weiteres Teilchen vom Teller und lässt sich Kaffee nachschenken. „Na, ich habe ja mein Leben lang verzichtet."

„Auf eine Zeitung?", fragt Joseph.

„Auf einen Mann."

„Ach so", kommentiert Franziska und überlegt, wie ihr Leben ohne Joseph gewesen wäre.

Sie hatte ihn vor über fünfzig Jahren im Sommer auf ihrer Lieblingsbank im Englischen Garten kennengelernt. Die Buchhandlung, in der sie damals arbeitete, lag nur ein paar Minuten zu Fuß entfernt. Franziska fühlte sich immer wie im Urlaub, wenn sie ihre Mittagspause hier verbrachte und mit geschlossenen Augen der Isar lauschte. Sie mochte das melodische Gurgeln, das Sprudeln und das Plätschern, das wie eine endlose Geschichte an ihr vorüberzog. Im Spaß überlegte sie dann, was der Stadtfluss den Münchnern alles erzählen könnte. Als habe der Fluss ihre Gedanken gelesen, lachte er glucksend auf, floss unaufhaltsam weiter und spülte ihre Gedanken fort.

Eines Tages hatte sich Joseph dann einfach neben sie gesetzt und ein Gespräch begonnen, ohne Franziska dabei anzusehen. Ungeniert war er gewesen. Seine Worte rauschten in ihr Ohr und vermischten sich irgendwie mit all dem Plätschern um sie herum. Es gefiel ihr, wenn er von seinem Jurastudium sprach und von dem Job in einer Anwaltskanzlei, direkt gegenüber der Kunstakademie.

„Wenn ich aus dem Fenster schaue, dann sehe ich manchmal einen Kunstprofessor mit einem blauen Bart", berichtete er und strich sich über das glatt rasierte Kinn. Franziska fragte sich, wie er wohl mit einem blauen Bart aussehen würde. Einmal erzählte sie Joseph von einem Märchen von Franz von Pocci, in dem ein Ritter namens „Blaubart" die Hauptrolle spielt. Dass der all seine Ehefrauen ermordete, offenbarte sie ihm erst viel später, worüber sie sich dann beide sehr amüsierten. Sie trafen sich dann oft auf der Bank an der Isar.

Manchmal spazieren sie heute noch hin, viel zu selten, findet Franziska.

„Franziska! Wo bist du mit deinen Gedanken?", bohrt sich Josephs Stimme in ihre Erinnerung und holt sie in die Gegenwart zurück. Der Kaffeetisch, ihr Gast, der Sonntag.

„Ich möchte unserem Gast gern die Wohnung zeigen. Man merkt doch gleich, dass sie einen guten Geschmack hat."

Franziska ist kurz irritiert, wie immer, wenn ihr Mann anderen Frauen gegenüber seine charmante Seite zeigt. Aber sie fängt sich sofort wieder.

„Sicher, gern." Franziska steht auf, schüttelt alle Gedanken-
geräusche ab. Sie durchquert das Wohnzimmer, führt beide
zunächst in die kleine Küche. Sie hat sich ja eigentlich immer
eine große Wohnküche gewünscht. Aber Joseph ist zufrieden.
„Hier sind die Wege wenigstens kurz", sagt er und demons-
triert, wie leicht man sich in der Küche zurechtfindet.

„Klein, aber fein", kommentiert die Frau und folgt Franziska ins Gästezimmer. Nach Kindern fragt sie zum Glück
nicht. Es wäre ein schönes Kinderzimmer gewesen, denkt Franziska, schließt die Tür und lässt ihre Wehmut in dem Raum
zurück, in dem manchmal vor ihrem geistigen Auge ein Him-
melbett auftaucht, mit wehenden rosafarbenen Vorhängen.

„Wir sollten froh sein, Kinder sind doch so laut", hatte Joseph
gesagt, als es zu spät war, und sie in den Arm genommen.

Joseph führt nun alle ins Badezimmer. „Leider ohne Fenster."
Der Besuch winkt ab. „Ach, das macht doch nichts. Die Fliesen
sind herrlich weiß."

Am Ende des Rundgangs stehen sie alle drei auf dem winzigen Balkon vor dem Schlafzimmerfenster. „Na ja, für große
Partys ist wenig Platz", stellt die Dame fest und dreht sich einmal um die eigene Achse.

„Ja, aber um frische Luft zu schnappen, reicht's", kontert
Joseph, der hier manchmal abends steht und sich die Münch-
ner Nachtluft um die Nase wehen lässt. Vieles hat sich über die
Jahre verändert, mehr Abgase, mehr Staub, mehr Menschen.
München wandelt sich und hat doch immer noch etwas
Ursprüngliches. Wenn er die Augen schließt, dann glaubt
Joseph, die Isar hören zu können.

Er erinnert sich, wie er Franziska damals auf der Parkbank angesprochen hatte. Schon Tage zuvor war sie ihm in ihrem blass-
grünen Kleid aufgefallen. Er hatte sie ein paar Mal beobachtet
und schnell herausgefunden, dass sie an schönen Tagen ihre

Mittagspause an dieser Stelle verbrachte. Auf ihrem Schoß lagen ein Buch und ein Apfel, als er sich das erste Mal zu ihr setzte. Er traute sich nicht, sie anzusehen. Sie biss in den Apfel und der Geruch brannte sich tief in seine Seele. Der Moment, an den er sich sein Leben lang erinnern sollte, roch nach Büchern, Äpfeln und nach Franziska. Weil ihm zunächst nichts Originelles einfallen wollte, erzählte er von dem Kunstprofessor mit dem blauen Bart, den er manchmal vom Fenster der Kanzlei aus sah, in der er arbeitete. Ein Mann mit einem blauen Bart, das war doch etwas. Damit wollte er sie beeindrucken, doch es stellte sich heraus, dass Franziska nicht so einfach zu beeindrucken war, weil sie in der Welt der Bücher lebte, und da kam Joseph sich zuweilen etwas alltäglich vor. Er fragte sich, was sie davon halten würde, wenn er einen blauen Bart hätte. Doch das käme in seiner Kanzlei nicht gut an. Später erzählte ihm seine Frau von diesem Märchen mit dem blaubärtigen Ritter und damit war die Sache vom Tisch.

Inzwischen sind sie mit ihrem Gast wieder im Wohnzimmer angekommen, wo sich die Dame auf der Chaiselongue ausstreckt.

„Hach, das ist ja herrlich bequem", stellt sie fest und „ich werde immer so schnell müde, wenn ich etwas gegessen habe." Dann legt sie beide Hände auf ihren Bauch und schließt die Augen.

„Ich räume mal ab", flüstert Franziska und schlichtet Kaffeetassen und Teller auf das Tablett. Joseph nickt und betrachtet ihren Gast, der sich inzwischen nicht mehr rührt.

„Sollen wir sie schlafen lassen?", fragt er. Seine Frau zuckt mit den Schultern und verlässt mit dem Tablett den Raum. Er hört, wie sie in der Küche die Spülmaschine einräumt. Als sie zurückkehrt, befindet sich Tine offenbar im Tiefschlaf.

„Sie schnarcht", stellt Franziska nüchtern fest.

„Na ja," sagt Joseph und greift zu seiner Zeitung. „Sie war wohl sehr müde. Die Gute ist ja auch nicht mehr die Jüngste." Ein rüsselndes, röchelndes Schnarchen zerreißt die Stille.

„Und das am Sonntag.", mault Franziska, traut sich aber nicht, Tine zu wecken.

Joseph räuspert sich mehrmals lautstark, was den Schlaf der Dame ebenfalls nicht zu unterbrechen vermag. Er legt die Zeitung beiseite und beide lauschen für eine Weile verzweifelt in die Stille, die keine mehr ist.

Eine gefühlte Ewigkeit später setzt sich der Besuch abrupt auf. „Herrje, bin ich eingeschlafen?"

„Das kann man wohl sagen", bestätigt Franziska und verkneift sich jede weitere Bemerkung. Wie froh sind sie, dass sie endlich wach ist. Jetzt sitzt sie kerzengerade auf der Chaiselongue und richtet sich die Frisur. Joseph und Franziska beobachten sie mit dem untrüglichen Gefühl, dass sich eine Person zu viel im Zimmer befindet.

Schließlich ist sie mit ihren Locken fertig und sieht auf die Uhr. „Tja, meine Lieben, langsam muss ich dann los."

Schnell steht Joseph auf, ebenso seine Frau. Auf dem gleichen Weg, den sie gekommen sind, begleiten sie ihren Besuch in den Flur zu Hut und Mantel. Joseph hilft ihr beim Anziehen und schon ist sie draußen. Die Glocken von Sankt Margaret läuten sechs Mal.

Im Wohnzimmer tickt die Standuhr. Es ist herrlich ruhig. Franziska setzt sich in einen Sessel, Joseph an den Tisch, seine Hand greift schon zur Zeitung. Doch dann hält er inne.

„Sag mal, woher kanntest du sie eigentlich?"

„Wieso ich?", antwortet seine Frau und ihre Stimme klingt ein wenig schrill. „Ich kenne sie doch gar nicht. Ich dachte, du kennst sie."

Die Standuhr tickt.

MAREIKE GENIESST DIE SONNE

*D*ie Nacht ist noch jung, nur ich nicht mehr so ganz, dachte Benno. Dann schob er den Sessel an die Betonwand, strich flüchtig über das Velours. Wie immer beamte ihn die Berührung in eine andere Zeit, an einen anderen Ort. Der Sessel erinnerte ihn an seinen Großvater.

„Das ist ein Ohrensessel, Benno", hatte der immer gesagt und Benno hatte die Ohren gesucht und nicht gefunden. Die Erinnerung daran amüsierte Benno. Das hätte seinem Großvater gefallen.

Sein Bett wirkte wie ein am Boden liegendes Schwalbennest, es klebte quasi an der Wand der Wittelsbacherbrücke. Eine Matratze, ein Kissen, ein Schlafsack, ein Ohrensessel und eine umgedrehte Obstkiste, die ihm als Tisch diente – das war sein Reich. Benno war stolz darauf, dass seine Adresse den Namen eines der ältesten deutschen Adelsgeschlechter in sich trug. Wenn er danach gefragt wurde, betonte er „Wittelsbacher" immer besonders, die „Brücke" nuschelte er so hinterher. Darauf kam es schließlich nicht an. Das fand übrigens auch Mareike.

Er sah sich um und war zufrieden. Es war Sommer und es war trocken. Den Regen vermisste er nicht. Seit fast zwei Jahren war er nun hier und die Brücke bog sich wie eine Kathedrale über seinen Kopf. Er streckte sich und wusste, er würde die Decke niemals berühren können, über ihr lag der endlose Sternenhimmel und deckte ihn jede Nacht zu. Benno hatte keine Angst, draußen zu übernachten.

„Dann lass uns mal schlafen, Mareike", sagte er, verschwand im Schlafsack und knipste die Taschenlampe aus.

Am nächsten Morgen war Mareike wie immer vor ihm wach und sah ihn aus ihren großen, blauen Augen fragend an.

„Du brauchst mich gar nicht so anzusehen, ich steh ja schon auf."

Ihre Antwort: Schweigen. Sie verstanden sich auch ohne viele Worte.

Benno nahm ein Handtuch und schlurfte zur Isar. Der Stadtfluss begrüßte ihn wie einen alten Freund. Heute, zur Feier des Tages, sprang Benno komplett hinein und ließ sich sogar ein paar Meter mittreiben, bis die Frische ihn tief durchdrungen hatte und es in seinen Zehen prickelte. Wieder an Land lief er zu seinem Handtuch, trocknete sich ab und machte sich auf den Rückweg. Mareike stand noch genauso da, wie er sie verlassen hatte. Natürlich. Sie ging niemals weg.

Am Fußende seines Bettes hatte jemand einen metallglänzenden Thermobecher mit Kaffee abgestellt und Benno fragte sich zum x-ten Mal, wem er das verdankte. Es hatte ein paar Wochen nach seinem Einzug hier angefangen. Seitdem fand er in unregelmäßigen Abständen morgens einen Kaffee auf seiner Obstkiste vor. Benno setzte sich, nahm einen Schluck und schmeckte Aromen von Schokolade und Karamell. Er kannte sich aus. Früher hatte er oft guten Kaffee getrunken. Und dieser hier war gut. Keiner aus dem Supermarkt, sondern einer, der mit Hingabe geröstet und langsam und sorgfältig gebrüht worden war.

Benno sah sich um und erinnerte sich zurück. Damals war er noch in der Eingewöhnungsphase gewesen. Da war ihm das Leben unter der Brücke noch seltsam vorgekommen. Heute konnte er es sich kaum mehr anders vorstellen. Seine Brücke bot ihm mehr Platz und Freiheit, als er jemals zuvor besessen hatte. Die Tür blieb zu jeder Zeit offen. Er mochte es, wenn seine Kumpel auf einen Sprung bei ihm vorbeikamen, und immer wehte ihm dieser frische Wind um die Nase. Nur im Winter, da war es manchmal hart. Aber wer dachte im Sommer schon an den Winter?

Früher hatte er in einem richtigen Haus gelebt, mit einem richtigen Tisch und richtigen Stühlen. Manchmal erzählte er Mareike davon und dann kam es ihm vor, als läse er aus einem Roman vor. Sein Alltag heute dagegen war echt und lebendig und jeden Tag neu, wenn auch gelegentlich schwer. Mareike sah ihn mahnend an. Sie mochte es nicht, wenn er grübelte. Schon gar nicht heute.

„Ist schon gut, Mareike."

„Grüß dich Benno, altes Haus!"

Benno sprang auf. „Na, so alt nun auch noch nicht. 52 seit heute, wenn ich bitten darf." Er stellte den Kaffee ab und eilte seinem Gast entgegen. Es war der Franz vom Kiosk oben auf der Brücke, der umständlich einen kleinen, runden Kuchen mit einer brennenden Kerze darauf in der einen und eine Flasche Wein in der anderen Hand den Pfad zu ihm hinunter balancierte.

„Hast wohl gedacht, ich vergesse deinen Geburtstag, Alter. Hab' ich aber nicht." Er grinste und Benno freute sich über den Besuch.

„Dank dir, Franz." Er klopfte ihm auf die Schulter. „Den Kuchen teil ich gleich mit dir, wenn du willst. Den Wein heb' ich mir für schlechte Zeiten auf."

Franz gackerte. „Den Kuchen kannst du alleine essen. Auf den Wein komm' ich zurück, aber jetzt muss ich... Meine Kunden warten oben." Dann hob er zum Abschied die Hand und eierte davon.

Benno wog die Flasche Wein in seinen Händen. Es hatte Zeiten gegeben, da wäre er schwach geworden. Aber das war vorbei, seit Mareike da war. Er zwinkerte ihr zu. Sie reagierte mit kühler Gelassenheit. Wie immer. Er schob sie ein Stück zur Seite.

Kaum hatte er den Kuchen gegessen und den Kaffee getrunken, vernahm Benno Stimmen. Er atmete ein, stemmte die Hände in die Hüfte, setzte sich ein Lächeln auf, trat ein paar Schritte unter seinem Brückenbogen hervor und sah ihnen entgegen. Es waren sieben oder acht Personen, seine heutigen Gäste.

„Sind Sie Benno?", rief der Anführer der Gruppe ihm von Weitem zu. Meistens ging ein Mann voran. Benno ahnte, warum: Man wusste nie, was einen unter der Brücke erwartete. Die anderen folgten ihm wie eine Schar Gänse. Benno schlug ihre Aufregung entgegen, ihre Erwartung, ihre Vorurteile, aber auch ein bisschen ihre Angst. All das hörte er aus ihrem flattrigen Lachen heraus. Diesmal war ein Kind dabei, vielleicht zehn Jahre alt. Das Mädchen war die Einzige, die den Schnabel hielt und Benno schüchtern anlächelte. Er lächelte zurück. Wieder einmal war er froh, dass er zu den gepflegten Wohnungslosen gehörte. Er schritt den Ankömmlingen entgegen.

„Japp. Sie sind hier richtig. Ich bin Benno."

„Ach ja", sagte der Mann, der vorausgegangen war. Benno taufte ihn insgeheim Gänserich.

„Genau", sagte Benno. Alle waren jetzt stehen geblieben und starrten ihn an. Benno kam sich vor wie Moses auf dem Berg Sinai. Schnell drehte er sich um und machte eine einladende Geste.

„Ja, dann kommen Sie mal rein in mein trautes Heim. Dafür sind Sie ja schließlich hier."

Im Gänsemarsch und dicht zusammengedrängt setzte sich die Truppe in Bewegung. Langsam schoben sie sich vorwärts unter seine Brücke und blieben dann vor seinem Bett stehen.

„Ist das dein Bett?", fragte das Mädchen.

„Ja, das ist es. Ich nenne es Schwalbennest", erklärte Benno. Die Kleine nickte und verstand. Die anderen schüttelten mitleidig den Kopf. Benno hätte den Ablauf seiner Gästeführungen auswendig herbeten können.

„Es ist sehr gemütlich", sagte er.

„Ich will auch mal draußen schlafen", sagte das Mädchen. Die Frau, die offenbar die Mutter des Kindes war, versuchte ein Lächeln. Es misslang.

„Warum nicht, Mama?"

„Es ist sehr schön, draußen zu schlafen", sprang Benno dem Mädchen zur Seite.

„Siehst du, Mama. Es ist schön."

„Aber Lena, du hast doch ein Bett."

„Der Mann hat doch auch ein Bett." Das Mädchen machte einen Schritt auf Bennos Schlafplatz zu und drückte auf der Matratze herum. Benno grinste.

„Es ist ganz weich, Mama."

Nun ergriff der Gänserich das Wort. War er am Ende sogar der Vater des Mädchens?

„Und wie lange leben Sie schon hier?"

„Seit einigen Jahren."

„Aha", sagte der Gänserich.

„Genau", sagte Benno.

Dann zeigte er seinen Tisch und erzählte die Geschichte von seinem Großvater und dem Ohrensessel. Vor den Augen und Ohren seiner Gäste malte er das Leben eines Obdachlosen in romantischen Farben aus, obwohl dies nicht immer der Realität entsprach. Er berichtete, dass er immer einen ungehinderten Blick auf den Sternenhimmel habe, dass die Isar jeden Tag anders aussehe und dass das Klackern der Steine, die durch die Strömung angetrieben wurden, in seinen Ohren wie klassische Musik klänge.

„Jeden Tag weckt mich dieser Fluss mit seiner Melodie und abends wiegt er mich in den Schlaf."

Die Besuchertruppe hatte sich währenddessen etwas verteilt, sah hierhin und dorthin, auf den Fluss und in den Himmel, der heute taubenblau leuchtete.

Das Mädchen war in der Zwischenzeit vor Mareike stehen geblieben. „Und wer ist das?", fragte sie.

„Das ist Mareike. Sie genießt die Sonne."

Die Kleine kicherte.

Mareike mochte es nicht, wenn man sie auslachte. Benno wusste das, er brauchte gar nicht hinzusehen. Denn jetzt trafen sie auch die Blicke der anderen Gäste, und das sollte unbedingt vermieden werden.

Benno verschaffte sich Gehör: „So, meine sehr verehrten Gäste" – er musste sich zusammenreißen, um nicht „Gänse" zu sagen – „jetzt haben Sie alles gesehen und gehört, was es zu sehen und hören gibt. Mein bescheidenes Leben liegt vor Ihnen." Er fischte eine Mütze unter seiner Obstkiste hervor. „Nun freue ich mich, wenn Sie diesen privaten Einblick auch fürstlich entlohnen würden, schließlich befinden Sie sich im Hause Wittelsbach."

Dies war traditionell sein letzter Satz, damit beendete er jede Führung. Der eine oder andere würde dafür fünf Euro in seine Mütze werfen und sich dann hastig wieder den kleinen Hügel hinauf in die zivilisierte Welt aufmachen. Sie würden über Benno reden, sich wundern, ihn bemitleiden, aber vielleicht würde auch hie und da eine flüchtige Spur von Neid aufkommen.

Benno leerte die Mütze. Das Mädchen hatte ihm gefallen. Kinder sahen seine Welt immer mit anderen Augen. Für sie leuchtete das Abenteuer heller als das Geld. Er hatte 43,50 Euro eingenommen und war zufrieden. Mareike fand, dass jeder fünf Euro hätte geben müssen.

Er hatte Mareike vor etwa einem Jahr getroffen. Es regnete damals viele Tage lang ohne Unterlass und es war schwer gewesen, ein trockenes Plätzchen zu finden. Benno war halbbetrunken von Hauseingang zu Hauseingang gestrichen. Da hatte er sie im Regen stehen gesehen. Sie sah irgendwie traurig aus, deshalb nahm er sie mit unter seine Brücke. Am Anfang wunderten sich die Leute.

„Was soll das?", fragten sie.

„Das ist Mareike", sagte Benno.

Irgendwann fragte niemand mehr. Benno und Mareike lebten seit diesem Tag zusammen. Das war eben so. Und Benno trank nicht mehr, weil Mareike ihn dann immer so anklagend anschaute.

In seinem Thermobecher war kein Kaffee mehr, das war schade. Mareike fand das auch. Benno stellte den Becher gut sichtbar auf seinen Tisch und beschloss, dass heute ein guter Tag war. Heute musste etwas passieren.

Nur wenige Meter von seiner herrschaftlichen Brücke entfernt versteckte Benno sich hinter einem Busch und wartete. Sein Herz klopfte. Von hier aus konnte er das Schwalbennest sehen und auch den Tisch mit dem glänzenden Thermobecher darauf. Im Hintergrund begegnete ihm der Blick von Mareike. Sie wartete, genau wie er.

Es dauerte lange, so lange, dass Bennos Beine in der Hocke einschliefen. Aber er wagte nicht, sich zu bewegen. Er musste vorsichtig sein und leise. Mareike war auch mucksmäuschenstill. Sie hatte ihm beigebracht, auch mal ruhig zu sein. Er zwinkerte ihr zu, wusste aber nicht, ob sie es aus der Entfernung sehen konnte.

Es war die Tageszeit, zu der sich das Isarufer belebte. Fahrradfahrer schossen vorüber, Jogger mit verkniffenen Gesichtern und Hunde.

Ein Hund kam ganz nahe an Benno heran und schnüffelte an seinem Knie.

„Mach, dass du weiterkommst", zischte Benno. Wäre ja ein Jammer, wenn der ihn jetzt verraten würde. Der Hund hechelte und leckte über den Stoff seiner Hose. Bennos Knie wurde nass.

„Lucky! Komm!"

Genau, dachte Benno und freute sich, dass Lucky so ein folgsames Tier war.

Benno hatte Durst. Wie lange saß er jetzt schon in seinem Versteck? Er dachte darüber nach, wie das aussehen würde, wenn ihn jemand hier entdeckte. Ein Wohnungsloser, allein hinter einem Busch. Das machte keinen guten Eindruck. Benno wusste das. Er war ja nicht verrückt. Okay, das mit Mareike, das war schon ein bisschen merkwürdig. Das musste er zugeben. Von außen betrachtet. Aber genau das war ja das Problem. Die Menschen blickten auf vieles nur von außen. Deshalb machte er ja die Führungen, damit sie mal reinsehen konnten. Damit sie sehen konnten, dass er ein ganz normaler Mensch war. Ein Mensch, der schläft, isst und Geschichten erzählen kann. Genau wie sie. Meistens beachteten sie Mareike gar nicht. Das mit ihr war verrückt. Aber nur ein bisschen. Denn natürlich wusste Benno genau, was sie war. Vielleicht sollte er einfach aufstehen und zu ihr rübergehen. Er vermisste sie. Er suchte ihren Blick, doch der Befehl darin war unmissverständlich.

„Bleib."

Da war Widerspruch zwecklos. Mareike wollte, dass er ausharrte. Also blieb Benno in seinem Versteck. Seine Zehen kribbelten und er bewegte sie ein bisschen.

Ein- oder zweimal hatte er schon versucht herauszufinden, wer ihm den Kaffee brachte. Hatte sich – wie jetzt – versteckt und gewartet. Aber nicht lange genug. Er wollte es nicht ernsthaft, warf Mareike ihm dann vor. Diesmal aber wollte er es schaffen.

Er wusste, der Kaffeebecher würde heute auch wieder abgeholt werden. Das geschah immer dann, wenn er nicht da war. Wenn er keine Führung gab, und das kam zugegebenermaßen oft vor, setzte er sich am Vormittag in Bewegung. Stundenlang lief er durch die Stadt, die ihm an manchen Tagen wie eine Katze vorkam. Manchmal spürte er ihre Unruhe, an heißen Tagen verhielt sie sich träge und oft war sie aggressiv. Die Stimmung schien sich auf ihre Bewohner niederzulegen. Und Benno hatte das seltsame Gefühl, all dies aus der Entfernung zu betrachten. Er gehörte nicht richtig dazu, aber irgendwie auch doch. Wäre die Welt eine Scheibe, dann würde er sagen, er säße auf dem Rand und ließe die Beine ins Nichts baumeln.

Jetzt tat sich etwas! Benno kniff die Augen zusammen. Eine Frau näherte sich seinem Heim und dem Kaffeebecher. Das war keine Überraschung. Benno hatte es vermutet. Männer brachten keinen Kaffee vorbei. Männer brachten Wein mit.

Ohne lange zu überlegen, sprang er aus seinem Versteck. Er spürte, wie das Blut wieder in seine Beine schoss und strauchelte ein wenig. Die Frau hatte den Kaffeebecher schon in der Hand und sah alarmiert auf. Benno las die Überraschung in ihren Augen. Er winkte.

„Halt! Bitte, bleiben Sie!"

Die Frau wirkte ertappt. Instinktiv ging er langsamer. Er wollte sie nicht noch mehr erschrecken.

„Bitte! Bitte gehen Sie nicht. Ich möchte mich nur bedanken."

Ein kleines Lächeln schob sich in ihr Gesicht. „Ich sollte gehen."

„Sie sollten bleiben", sagte Benno.

Mach jetzt keinen Fehler, mahnte Mareike und sah ihn unverwandt an.

Benno blieb ein paar Schritte vor der Frau stehen. Sie trug ein geblümtes Kleid und roch wie eine Blumenwiese. Insgeheim gratulierte er sich zu dem ausgiebigen Bad von heute Morgen.

„Du bist das also."

„Ja."

„Susanne", sagte Benno.

„Kennst du mich noch?"

„Klar", sagte Benno, „ist viel passiert in der Zwischenzeit."

Genau in diesem Moment schossen Bilder wie eine Sturmflut durch seinen Kopf. Das tat ein bisschen weh. Der Tod seiner Frau und Susanne, ihre Nachbarin, wie sie traurig nebenan am Zaun stand.

„Wie geht es dir?", fragte Susanne.

„Gut, wie du siehst", sagte er und meinte es auch so. „Manchmal bekomme ich sogar Kaffee."

Susanne lächelte und Benno fand sie sehr schön. Dann schob sie ihre Umhängetasche von den Schultern, zog ein kleines Geschenk heraus und hielt es ihm hin. „Du hast doch heute Geburtstag, Benno."

Er nahm das Päckchen und hatte das Gefühl, als würde er innerlich auftauen, so warm wurde ihm.

Mareike sagte nichts.

„Komm doch rein."

Susanne lächelte wieder und Benno strahlte.

Und Mareike? Mareike zwinkerte ihm heimlich zu. Aber das konnte natürlich nur Benno sehen. Denn schließlich war sie nur ein Pappaufsteller, auf dem eine attraktive Frau mit auffallend blauen Augen zu sehen war.

STEH
MIR BEI

*W*ir gehen in die Wirtschaft, Tanja, nicht auf einen Presse-Empfang. Du musst dich wirklich nicht so aufbrezeln", rief Max. Er stöhnte und sah auf die Uhr. Tanja war vor einer halben Stunde im Badezimmer verschwunden, während er bereits fertig in Jeans und T-Shirt auf der Armlehne des Sofas saß und wartete.

Die Antwort kam prompt und drang dumpf durch die Badezimmertür.

„Ja, das sagst du immer und dann kommen doch alle ganz chic daher. Das kenne ich schon."

Max stöhnte noch einmal, diesmal lauter, damit Tanja es hören konnte. Doch auch wenn sie erst seit knapp einem Jahr zusammen waren, wusste er, dass jede Diskussion zwecklos war.

„Die wirst du nicht ändern, die musst du so nehmen, wie sie ist", hatte seine Mutter nach dem Kennenlernen orakelt. Seine neue Freundin kam aus Bochum. Aber das war ja nun wirklich kein Problem.

Endlich flog die Tür auf und Tanja kam herausgeweht, umwirbelt von einem Sturm aus Parfüm und Haarspray. Dieses Herumgesprühe mit sich gegenseitig erschlagenden Düften hatte er noch nie verstanden. Doch sie ließ sich nicht reinreden und sie sah ja auch verdammt gut aus mit ihrer engen Jeans und der halbtransparenten Bluse, deren zarte Punkte sich bei genauem Hinsehen als Überraschung entpuppten.

„Schau, das ist doch richtig bayerisch!", hatte sie damals geflötet und die edle Papiertüte vor seinen Augen hin und her geschwenkt. Max hatte sich sogleich den Inhalt, die besagte Bluse, vorführen lassen und erst gar nicht verstanden, was sie meinte.

„Na, siehst du es denn nicht, Max?", hatte Tanja entrüstet gefragt und war näher gekommen, damit er das „bayerische" Muster richtig in Augenschein nehmen konnte. Und dann hatte er es auch gesehen: Die aufgestickten weißen Punkte auf dem transparenten Stoff waren keine Punkte, es waren Rauten.

„Mei", hatte er gesagt, „dann müssten sie aber schon blau sein."

„Ach, Max, wie sähe das denn bitteschön aus? Blaue Rauten auf einer weißen Bluse!"

Später hatte sie ihm dann erklärt, dass mehr für sie nicht infrage käme, weil sie ja irgendwie auch gut aussehen wollte. Und gut sah die Bluse ja aus, da konnte Max gar nicht widersprechen. Auch wenn ihm persönlich das Transparente besser gefiel als die Rauten.

Und heute sollte diese Bluse wieder zum Einsatz kommen. Sie waren mit Franz zum Weißwurstfrühstück verabredet. Vor Jahren hatte Max seinem Spezl einmal die Freundin ausgespannt, aber diese alte Geschichte musste er Tanja ja nicht auf die Nase binden. Er lebte im Hier und Jetzt und der Franz und er waren gute Kumpel. Aus. Deshalb freute er sich auch auf das Wiedersehen.

„Jetzt komm, Tanja. Wir müssen um elf da sein."

„Bin schon fertig", hauchte sie ein wenig außer Atem und küsste ihn auf die Wange. „Auch wenn ich es komisch finde, um elf Uhr Mittag zu essen. Ich habe eigentlich noch gar keinen richtigen Hunger."

„Es ist halt eine Tradition, dass man Weißwürscht vor zwölf isst. Sie dürfen das Zwölfuhrläuten nicht hören."

„Als ob eine Wurst hören könnte!", vermeldete seine Freundin prompt. Max sah sie an und sagte nichts.

Als sie wenig später an der Gaststätte Großmarkthalle eintrafen, wartete Franz schon vor dem Eingang. „Griaß eich."

Max ging auf seinen alten Freund zu und klopfte ihm auf die Schulter. Tanja hob die Hand.

„Ah, du musst die Tanja sein." Franz' Blick taxierte sie und verharrte eine Weile auf den transparenten Stellen der Bluse.

„Genau", bestätigte sie und Max legte einen Arm um seine Freundin.

„Sie kennt noch keine Weißwürscht."

„Tja, dann wird es aber Zeit", betonte Franz in bemühtem Hochdeutsch.

Tanja warf Max einen irritierten Blick zu. „Also gehört habe ich schon davon, nur gegessen habe ich sie eben noch nicht. Es hat sich bisher einfach nicht ergeben."

„Vom Hören wird man nicht satt", sagte Franz und hielt ihnen die Tür auf. „Kimmts eini."

Sie betraten das Lokal, in dem Franz einen Tisch für drei Personen reserviert hatte. Es sah genauso aus, wie sich Tanja eine typisch bayerische Wirtschaft vorstellte: holzvertäfelte Wände, Holztische, Holzstühle. Schlicht und gemütlich. Tanja setzte sich und lehnte sich zurück. Das würde sicher ein entspannter Vormittag werden. Max tastete unter dem Tisch nach ihrer Hand und grinste. „Ich bin gespannt, was du zu unserem bayerischen Nationalgericht sagst."

Sie lächelte, überlegte, was sie schon alles gegessen hatte, und erinnerte sich an einen feurigen Bohneneintopf, in dem

Schweineohren herumgeschwommen waren. Was sollte ihr also passieren? Sie bestellten Weißwürste für alle, Brezn und Bier. Das süffige Gebräu kam zuerst. Franz und Max johlten beim Anblick des Gerstensaftes gut gelaunt auf und stießen sofort kräftig an. Tanja machte mit, wenn auch mit deutlich weniger Nachdruck. Die Stimmung am Tisch stieg. Jede noch so kleine gemeinsame Erinnerung war den Männern einen Schluck wert. Franz nahm Tanja intensiver in Augenschein und beglückwünschte seinen Freund mehrmals zu dieser Eroberung. Tanja lächelte und Max drückte ihre Hand unterm Tisch.

Jetzt blickte Franz sie beide zusammen aus seinen deutlich geröteten Augen an: „Eins muss ich schon mal sagen, Tanja. Früher, da hat der Max ja auch gern in fremden Gewässern gefischt, gell?"

Max winkte ab. „Ach komm, lass die alten Geschichten. Heut' is heut'."

Franz stimmte lautstark zu und wieder ließen die Freunde die schweren Bierkrüge klirren. Max war glücklich. Das konnte man deutlich sehen.

Es dauerte eine Weile, bis das Essen kam. „Weißwürscht dürfen nicht kochen, sondern nur in heißem Wasser ziehen", erklärte Max. Doch als schließlich der Porzellantopf mit den heißen Weißwürsten auf den Tisch gestellt wurde, glaubte Max in den Augen seiner Freundin kurz einen Hauch von Panik aufflackern zu sehen. Tanja schien sogar ein wenig blass geworden zu sein. Sie starrte die Würste an.

„So nah habe ich sie noch nie gesehen. Die schauen irgendwie unfertig aus. In Bochum würde man sie braten, glaube ich", raunte sie ihm zu.

Max drückte ihre Hand und sah sie fragend an. Er hatte ihr nicht zugehört, denn Franz hatte schon wieder seinen Krug

erhoben: „Schön, dass ihr da seids. Auf eich Tanja, Max und –
auf die Liebe." Dann nahm er einen kräftigen Schluck und alle
taten es ihm gleich.

„Also, greifts zua", sagte Franz und fischte sich zwei Weiße
aus dem Topf. Auch Max bediente sich und legte Tanja ebenfalls zwei Würste auf den Teller, dann nickte er seiner Freundin aufmunternd zu. Sie lächelte tapfer. Just in dem Moment
als sie begann, die erste Weißwurst ihres Lebens konzentriert
in kleine Scheiben zu schneiden, spürte sie Max' Blick. Er
zwinkerte auffällig und sie sah zu ihrem Entsetzen, wie er eine
Wurst zwischen Daumen und Zeigefinger nahm und tief in
den Topf mit süßem Senf tunkte. Danach schob er sie sich in
den Mund und lutschte genüsslich das weiße Brät aus der
Pelle.

„Du musst sie auszutzeln, Schatz!", nuschelte er mit der
Wurst im Mund.

Tanja starrte ihn an. „Ich muss was?"

„Weißwürscht duad ma auszutzeln", brüllte der Franz und
lachte. Tanja versuchte zu lächeln. Natürlich kannte sie diese
bayerische Unart, aber ihr widerstrebte es zutiefst, weil sie es
über alle Maßen unappetitlich fand, an einer Wurstpelle herum-
zulutschen. In Bochum landeten Würste auf dem Grill und
wurden rundherum knusprig gebraten. Sie überlegte fieberhaft, was sie jetzt tun sollte. Die beiden Männer beobachteten
sie mit unübersehbarer Belustigung und ihr Mienenspiel verriet, dass sie demnächst in wildes Gelächter ausbrechen würden. Immerhin hatten Max und Franz inzwischen einiges an
Bier intus und Nachschub wurde in diesem Moment auch
schon gebracht. Tanja wunderte sich, denn sie hatte gar nicht
mitbekommen, dass die beiden Männer nachbestellt hatten.
Gut gelaunt erneuerten sie ihre Freundschaft, prosteten sich
zu und genossen dabei sichtlich die Weißwurst-Vorstellung,
die Tanja ihnen bot. Sie straffte die Schultern und versuchte,

die beiden nicht mehr zu beachten. Geduldig machte sie sich daran, mithilfe von Messer und Gabel die Haut von den Wurststücken zu pulen. Leider zeigte sich, dass Haut und Wurst doch sehr eng miteinander verbunden waren und dass die Stücke, die sie geschnitten hatte, zudem so klein waren, dass sie immer wieder weghüpften. Max und Franz – ganz bierselig – steigerten sich in zügellose Heiterkeit und sämtliche Gäste an den Nachbartischen hatten ebenfalls ihre Freude an dem Spektakel. Die allgemeine Belustigung verschärfte sich von Minute zu Minute. Endlich schob Tanja sich ein winziges Stück ihrer gepellten Wurst in den Mund. Am Tisch nebenan applaudierte jemand und Tanja sehnte sich zurück ins stille Bochum.

Später, als sie im Taxi auf dem Weg in seine Wohnung waren, merkte Max, dass Tanja sehr schweigsam war. Das war sonst gar nicht ihre Art.

„Hat es dir gefallen, Schatz?", fragte er vorsichtig.

„Jaja."

„Warum schaust du dann so?"

„Soll ich die Augen zumachen, oder was?"

Max überlegte, ob er weiterfragen sollte. Er hatte ein paar Halbe intus und fühlte sich der sich anbahnenden Diskussion nicht gewachsen. „Aber der Franz ist doch nett, oder?", versuchte er sich auf sicheres Terrain zu retten.

„Ja, der Franz ist nett", betonte Tanja.

Inzwischen waren sie bei ihm angekommen. Sie verließen das Taxi, Max öffnete umständlich die Haustür und Tanja folgte ihm in die Wohnung. Kaum war die Tür hinter ihnen ins Schloss gefallen, drehte sie sich zu ihm um. „Du solltest beim nächsten Mal nicht so viel saufen!", fuhr sie ihn an und pfefferte ihre Schuhe in die Ecke, „dann wüsstest du dich vielleicht zu benehmen."

Jetzt geht es also los. Max duckte sich innerlich vor der verbalen Bochumer Schlagkraft seiner Freundin, während seine Sinne chancenlos im Biernebel herumirrten. Dies war kein guter Zeitpunkt für eine Diskussion, so viel war Max klar, als er ins Wohnzimmer eierte. Tanja hatte sich inzwischen umgezogen und kam in Trainingshose und T-Shirt aus dem Badezimmer. Ring frei. Max musste daran denken, wie sehr ihm die transparente Bluse gefallen hatte. Tanja hatte darin so schön zerbrechlich gewirkt.

„Weißt du, wie ich mir vorgekommen bin?"

Max wusste es nicht. Er ließ sich mit einem Stöhnen auf das Sofa fallen und registrierte, dass Tanjas Stimme lauter wurde.

„Ich kam mir vor wie in einem Affenzirkus", schrie sie jetzt. „Ich war der Affe und du, der Franz und alle anderen habt euch wunderbar über mich amüsiert. Mal abgesehen davon, dass ich es überhaupt nicht nachvollziehen kann, dass man eine Wurst derartig..."

„Auszutzeln", sagte Max, weil ihm das in diesem Moment wichtig erschien.

„... wie man eine Wurst so essen kann", beendete Tanja ihren Satz. „Und ich verstehe auch nicht, wie du mich so behandeln kannst, Max!"

Das „mich" stieß sie dabei so heftig hervor, dass es in Max' Kopf stach. Er ächzte, doch Tanja ignorierte seine Schmerzen und fuhr lautstark fort: „Statt mir zu helfen, hast du mich total lächerlich gemacht."

Irgendwo in seinem Hirn dümpelte der Gedanke an die Oberfläche, dass sie recht haben könnte. Das ist ein ernstes Thema, reiß dich zusammen, Max, rief er sich zur Ordnung, doch trotz aller Konzentration musste er plötzlich lachen. Die Heiterkeit bildete Blasen in seinem Bauch, die dann ungeniert aus ihm heraus ploppten. Er konnte nichts dagegen tun. Das letzte Bier war schlecht, dachte er, während es in seinem Unterleib blubberte. Das sind Lachblasen, schoss es ihm durch den Kopf und davon musste er noch mehr lachen. Tanja starrte ihn fassungslos an. Er presste die Lippen zusammen, doch das Lachblasengeblubber war stärker. Er prustete los, bis ihm fast die Luft ausblieb.

Eigenartigerweise hatte er jetzt das Gefühl, als hätte er seinen Körper verlassen und würde in einer blauen Blase in der Luft schweben. Er sah sich auf dem samtblauen Sofa sitzen und Tanja, wie sie wild mit den Armen herumfuchtelte. Sie redete irgendwas von Weißwürsten. Max stellte sich kleine Weißwürste vor, die in der Luft zwischen ihnen zerplatzten und musste wieder lachen. Er konnte nicht aufhören.

Schließlich versuchte er, sich durch Sprechen zur Ruhe zu zwingen. Er ergründete Tanjas Blick. „Aber ein bisschen lustig war es schon, das musst du zugeben", prustete er und wollte Tanja in seine Arme ziehen. Doch die schob ihn weg. Sie setzte sich auf das andere Ende des Sofas und weinte. Das ernüchterte Max. Sie hatten schon öfter gestritten, geweint hatte sie noch nie.

„Die aus Bochum sind eigensinnig, die zeigen keine Schwäche", hatte seine Mutter einmal gesagt. Doch jetzt weinte Tanja und jede einzelne Träne schnitt ihm ins Herz und faszinierte ihn zugleich. Denn seine Freundin sah so unsagbar schön aus, wie sie dasaß und ihr die Tränen über die Wangen liefen. Er wollte etwas sagen, aber er war gelähmt und stumm. Alle Worte waren zerplatzt. Das verdammte Bier, dachte er. Er betrachtete Tanja wie ein menschliches Stillleben. Bis auf das Schluchzen war es ruhig geworden. Max lachte nicht mehr, die Blasen hatten das Blubbern eingestellt und er schwebte zwischen den Welten.

„Hast du etwas gesagt, mein Schatz?", fragte er irgendwann und wischte durch die Luft, als wollte er das Schweigen vertreiben. Tanja antwortete nicht. „Lass mich nur kurz die Augen zumachen. Gleich reden wir weiter, gleich reden wir, Tanja, ja...?"

Als Max die Augen aufschlug, war sein Mund trocken. Erstaunlich, wenn er an die Menge Bier dachte, die er getrunken hatte. Er war auf dem Sofa eingeschlafen. Sein Schädel fühlte sich an, als hätte man ihn aus tausend nicht gut passenden Stücken zusammengepuzzelt.

Max stöhnte, er konnte sich nicht erinnern, jemals so einen Brummschädel gehabt zu haben. Er konnte sich überhaupt nur schwer an irgendetwas erinnern. Nach einigen Minuten, die er damit zubrachte, seine Gedanken sinnvoll zu ordnen, bemerkte er, dass etwas fehlte.

„Tanja?"

Er hatte ihren Namen laut ausgesprochen, obwohl er längst wusste, dass sie nicht da war. Er erhob sich ächzend, der Boden schwankte. Das Bier. Max tastete sich in die Küche, dort fand er eine Nachricht: „Das war's. Tanja"

Daneben lag der Schlüssel zu seiner Wohnung. Auf zitternden Beinen inspizierte Max die restlichen Zimmer und stellte fest, dass sie die meisten ihrer Sachen mitgenommen hatte. Er kehrte ins Wohnzimmer zurück, ließ sich auf die Couch sinken. Ein Blick auf die Uhr verriet, er hatte sieben Stunden geschlafen! Vage erinnerte er sich an das Treffen mit Franz. Er hatte sich danebenbenommen. Um einen klaren Kopf zu bekommen, stellte er sich unter die Dusche. Es gab da ein paar Lücken in seiner Erinnerung, doch je mehr er sich anstrengte, desto mehr zerrissen die Bilder in seinem Kopf.

Da hilft nur frische Luft, dachte Max und zerrte seine Jacke vom Haken, die säuerlich nach Bier roch. Er zog sie trotzdem an und schob den Schlüssel in die Tasche. Doch dann hielt er überrascht inne, denn in seiner Jackentasche stieß er auf ein kleines Stück Papier.

„Ja, is' denn heut' der Tag der Zettel, oder was?", fragte er sich laut. Zunächst glaubte Max, dies sei eine weitere Nachricht von Tanja. Doch er täuschte sich.

„So, jetzt san ma quitt! Franz"

Max ließ die Nachricht sinken und in diesem Augenblick schafften es einige versprengte Synapsen, in seinem Hirn wieder zusammenzufinden. Der Franz hatte ihm eins ausgewischt. Max erinnerte sich dumpf an eine bestimmte Handbewegung seines Freundes, mit der dieser ihm was ins Bier gemischt haben könnte. Der wollte, dass ich bei der Tanja schlecht dasteh. Max schlug mit der Faust gegen den Türrahmen, aber das brachte auch keine weiteren Erkenntnisse. Dann knallte er die Tür zu und rannte hinunter in den kleinen Park direkt gegenüber, schimpfte sich innerlich einen Idioten, während er mehrmals vergeblich versuchte, Tanja am Handy zu erreichen. Schließlich hinterließ er eine Nachricht: „Du Tanja, ich bin's der Max, ich wollt dir nur sagen: Stell dir vor, der Franz, der Hund, der hat mir was ins Bier gemischt! Ruf mich an, okay?"

Kaum hatte er aufgelegt, wusste er, wie erbärmlich das klang. Wäre er an Tanjas Stelle, er würde sich kein einziges Wort glauben.

Es vergingen einige Tage, in denen er hoffte, dass die Zeit alles einrenken würde. Sie hatten ja immer mal wieder Meinungsverschiedenheiten gehabt.

Als Tanja sich auch nach Wochen nicht gemeldet hatte, sank seine Hoffnung. Statt Tanja rief seine Mutter an und verriet ihm, dass sie schon immer befürchtet hatte, Tanja könnte mit der bayerischen Lebensart auf Dauer nicht zurechtkommen. „An der beißt du dir die Zähne aus", sagte seine Mutter.

Du denkst zu viel, hörte er von seinen Freunden, die ihm rieten, das Unvermeidliche zu akzeptieren. Aber Max vermisste Tanja immer noch. Eines Abends ging er in den Keller, den tiefsten Punkt des Hauses, was auch gut zu seinem Seelenzustand passte. Hier hatte er sich eine kleine Werkstatt eingerichtet und hier stand auch ein eingestaubter CD-Spieler, in dem sich immer noch eine CD von Herbert Grönemeyer befand, die Tanja einmal eingelegt hatte. Max drückte auf Start und musste daran denken, wie er damals kein Wort des Sängers verstanden hatte und wie sie beide darüber gelacht hatten. Tanjas Lieblingssong war „Bochum" und sie hatte sich gewünscht, dass Max wenigstens einmal mit ihr dorthin fahren würde. Doch er hatte abgewunken: „Nirgendwo ist es schöner als in Bayern."

Jetzt bereute er seine Worte und wäre liebend gern mit ihr in den „tiefen Westen" gefahren, den Grönemeyer da besang. Auch die „verstaubte Sonne" hätte er mit ihr genießen wollen, dachte Max, während er ein kleines Brett in die Zwinge einspannte und energisch mit einem Schleifpapier bearbeitete. Er und Tanja hatten gut zusammengepasst.

„Was nicht passt, passt nicht", keifte seine Mutter in seinem Kopf.

Max besah sich die weichgeschliffenen Holzteile. „Das passt", zischte er in die Kellerstille hinein und Grönemeyer sang: „Steh mir bei!"

Als er einige Tage später das Päckchen zuklebte, klopfte sein Herz fast so wild wie an jenem Tag, an dem er Tanja das erste Mal an einer Bushaltestelle begegnet war. Sie war ihm sofort aufgefallen. Die ist anders, das hatte er gleich gemerkt. Sie war so direkt gewesen, so redselig und ihre Offenheit hatte ihn umgehauen. Es war leicht, sich in sie zu verlieben. All das schien lange zurückzuliegen.

Max seufzte. Er schrieb Tanjas Adresse auf das Päckchen. Sie wohnte jetzt wieder allein in ihrem kleinen Appartement, in dem sie sich vorher so oft getroffen hatten. Früher waren sie zwischen ihren beiden Wohnungen hin und her gehüpft und hatten sich doch nicht dazu entschließen können, richtig zusammenzuziehen. Jetzt hätte er Tanja so gern für immer bei sich gehabt, samt Haarspray und mit allem Drum und Dran.

Auf dem Weg zur Post wog das Päckchen mit jedem Schritt schwerer. Kein Wunder, wenn man bedachte, was da alles drin war, und Max grübelte über das Gewicht von Liebe nach.

Würde er sich lächerlich machen? Als er dann vor dem Postschalter stand, überlegte er es sich fast noch einmal anders und hielt das Paket einen Moment lang fest, bis der Postangestellte fragte: „Wollen Sie das Päckchen aufgeben, oder nicht?"

Max ließ los.

Zwei Tage später würde das Päckchen von der Deutschen Post ordnungsgemäß zugestellt werden. Max würde nicht sehen, wie Tanja es entgegennahm, schüttelte und sich fragte, was ihr Ex ihr geschickt hatte. Hatte sie etwas vergessen? Max würde nicht dabei sein, wenn sie sich auf die Bettkante setzte und das Paket zögernd öffnete, weil sie Angst vor der Erinnerung hatte. Man dachte ja immer nur an das Schöne. Zeitgleich würde bei Max das Telefon klingeln. Seine Mutter. „Die kommt nicht mehr zurück", würde sie feststellen und ihn auffordern sich ein bayerisches Mädchen zu suchen, eines, das zu ihm passte.

Tanja hielt die Luft an, als die das Päckchen in den Händen hielt. Was hatte Max ihr da nur zugeschickt? Neben einer zunächst unerklärlichen Konstruktion fand sie einen Brief, in dem Max genau beschrieb, was er nächtelang bei Grönemeyers Musik im Keller für sie gebaut hatte.

Das Gebilde war auf eine Holzplatte geschraubt, deren Kanten sorgfältig abgeschliffen waren. Tanja drehte das Ding hin und her und fand eine winzige Kurbel sowie eine raffinierte Aufhängevorrichtung.

„Hier kannst du jede beliebige bayerische Weißwurst einspannen und formvollendet sowie hygienisch einwandfrei schälen", hatte er geschrieben. Tanja drehte an der Kurbel und setzte damit das eingebaute Weißwurstschälmesser in Gang. Sie schmunzelte.

Auf der Seite las sie in geschwungenen Buchstaben: *Tanjas Weißwurscht-Schälmaschine*

LIEBLING, VERGISS DEN FÖHN NICHT

*H*endrik lauschte. Die köstliche Stille, die er gerade noch so genossen hatte, war nun angefüllt mit Geräuschen. Er wusste, Alma wuchtete ihren Koffer vom Dachboden herunter. Das machte sie immer genau zwei Wochen vor ihrem geplanten Urlaub.

Ohne aus seinem Sessel aufstehen zu müssen, sah er vor seinem inneren Auge, wie seine Frau den Koffer absetzte, erneut aufnahm und diese Prozedur einige Treppenstufen später wiederholte. Es waren zwei Stockwerke vom Dachboden bis in ihre Wohnung und er hatte nie verstanden, warum Alma so einen sperrigen Lederkoffer bevorzugte. Auch deshalb verweigerte er ihr die Hilfe. Sein Gepäckstück war aus Kunststoff, robust und leicht. Wenn er es hier auf dem Parkett im Wohnzimmer ein wenig hin und her schieben würde, glitte es sanft, ja fast geräuschlos über den Holzboden. Er stellte sich vor, der Koffer wisse stets ein paar Sekunden vor ihm selbst, in welche Richtung er sich bewegen sollte.

Hendrik stand auf, schob den Koffer ein bisschen vor und zurück, setzte sich wieder. Ein Gefühl von unbändiger Vorfreude bahnte sich einen Weg. Dieser Koffer war der Vorbote, das Versprechen auf etwas Neues. Hendriks Herz schlug einen Hauch schneller und prickelnde Gänsehaut glitt sein Rückgrat entlang. Bilder von wilden Küsten, Eichenwäldern, Farnen und Brombeersträuchern und einem ungebändigten Atlantik tauchten in seinen Gedanken auf. Fast konnte er den Wind spüren, der vom Meer geradewegs hier in sein Wohnzimmer in Schwabing wehte.

Bretagne. Der Name spülte erneut Glücksgefühle durch seinen Körper und er dachte daran, dass er noch ein paar Worte Bretonisch oder wenigstens Französisch lernen sollte. Das kam bei den Ortsansässigen immer so gut an.

Die Wohnungstür wurde aufgestoßen und kurz darauf stand Alma mit ihrem Koffer im Zimmer. Vor ein paar Jahren noch hätte man ihr die Anstrengung kaum angemerkt, doch nun spürte er zunächst ihren warmen, schnellen Atem, der den folgenden Kuss wie durch einen Windstoß ankündigte.

Hendrik warf einen geringschätzigen Blick auf das Ungetüm von Koffer, das seine Frau einmal auf einer Auktion erstanden hatte. Alma war überzeugt, dass er früher einem Künstler gehört haben musste. Ein Standkoffer ohne Rollen, dafür mit Fächern und Schubladen, kein Koffer eigentlich, eher ein Schrank mit breiten Lederschnallen, die knarzten, wenn man sie öffnete. Eine wuchtige Persönlichkeit, ein in die Jahre gekommener lederner Zirkusdirektor.

Alma schob ihren Koffer direkt neben Hendriks. Es kratzte auf dem Boden und Hendrik machte sich Sorgen um das Parkett. Doch der Gedanke verflog so schnell, wie er gekommen war. Nun setzte sich seine Frau in den Sessel genau neben ihm, nahm seine Hand und beide blickten auf die Koffer, die da so verheißungsvoll und einträchtig nebeneinanderstanden.

„Was meinst du, wie wird das Wetter?"

„Wir müssen mit allem rechnen", antwortete Hendrik, der stets für Wetter-Fragen zuständig war. Längst hatte er sich mit dem Klima an ihrem Urlaubsort vertraut gemacht.

„Wir werden schon ein paar warme Sachen einpacken müssen. Am Atlantik kann es schnell umschlagen. Man darf den Wind nicht unterschätzen."

„Dann werde ich auf jeden Fall die blaue Softshelljacke einpacken."

„Ja, und feste Schuhe werden wir auch brauchen."

„Ach!", sagte seine Frau.

Hendrik beachtete ihren Unterton nicht. Nach über fünfunddreißig Jahren Ehe beherrschten sie längst die Kunst, sich auch ohne Worte zu verständigen. In dem „Ach", das seine Frau gerade etwas spitz hervorgestoßen hatte, verbarg sich ein ganzer Satz: „Meinst du wirklich, wir brauchen Bergschuhe, nur weil wir ein bisschen an der bretonischen Küste herumlaufen werden?"

Über Schuhe hatten sie früher oft diskutiert.

„Du kannst deine ja gern hierlassen, Alma, ich werde meine mitnehmen."

„Ich glaube, die leichten schwarzen Turnschuhe reichen doch auch. Mit denen kann ich immer so gut laufen."

Hendrik erwiderte nichts.

Später nach dem Abendessen hatte er den neuen Reiseführer vor sich auf dem Tisch aufgeschlagen. Alma stand hinter ihrem Mann, den Arm auf seine Schulter gelegt und gemeinsam versanken sie in Bildern von Leuchttürmen, auf die der tosende Atlantik seine Wellen zutrieb, und von Fischerdörfern, wie man sie nur noch selten fand.

„Also, ich wäre ja wirklich für die wilde Küste, hier im Westen", murmelte Hendrik und tippte auf eine der Detailkarten.

„Und ich möchte mit dir einen Sonnenuntergang an der Pointe du Raz erleben. Es muss wunderbar sein, dort zu sitzen und zu sehen, wie das Wasser sich golden färbt und die Sonne im Meer versinkt."

Hendrik drückte ihre Hand.

„Dann machen wir es so", sagte er bestimmt. Unsere Reise geht also ins nordwestlichste Département Frankreichs, in die Finistère."

Er blätterte ein paar Seiten im Reiseführer weiter. „Finistère, der Name kommt von den Römern. ‚Finis Terrae' heißt das ‚Ende der Welt'."

Alma grinste und wie einem geheimen Kommando folgend riefen sie gleichzeitig übermütig aus: „Keine Reise ist zu weit, kein Weg zu steil, kein Regen zu nass, solange wir zusammen sind."

Der Spruch stammte aus ihrem ersten Zelturlaub, in dem sie von einem solchen Dauerregen heimgesucht worden waren, dass sie sich kaum aus ihrem Unterschlupf herausgewagt hatten. Schlimm fanden sie das damals nicht, im Gegenteil. Laut prasselnde Regentropfen auf einem Zeltdach gehörten seither zu ihren absoluten Lieblingsgeräuschen. Diesem ersten Urlaub waren viele andere gefolgt. Gemeinsame Erinnerungen, Gerüche und Liebesbekenntnisse, die sie mit den Jahren gesammelt hatten und die ihnen noch so nahe waren, als wäre es gestern gewesen.

Hendrik nahm einen Zettel zur Hand und schrieb die Orte auf, mit denen sie sich näher beschäftigen wollten: Pointe du Raz für Almas Sonnenuntergang, Douarnenez, weil Hendrik sich für den Fischfang interessierte, Quimper und Pont-Aven, ein bekanntes Künstlerstädtchen. Am Ende des Tages hatten sie schon eine ziemlich klare Vorstellung von ihrem Urlaub.

Die nächsten Tage verbrachte Alma damit, die Wäsche zu waschen und vorzubereiten, die sie mit auf ihre Reise nehmen wollten. Kurze Hosen in jedem Fall, aber auch lange warme Sachen, Fleece und Softshell für den starken Wind. Dazu noch ein paar Bücher und der rote Fotoapparat. Stück für Stück wanderte in die Koffer, die sich langsam füllten. Hendrik hatte seine Bergschuhe höchstpersönlich fest mit farbloser Schuhcreme bearbeitet und sie neben sein Gepäckstück gestellt. Auf dem Wohnzimmertisch lag seit Tagen eine Landkarte der Bretagne ausgebreitet und immer, wenn sie daran vorbeikamen, warfen sie einen Blick auf die Linien und Wege, die sie sich vorgenommen hatten.

Mit einigen landestypischen Bräuchen hatten sie sich bereits vertraut gemacht. Sie wussten um die keltischen Klänge, die der Bretone bei Festen so gern hörte, hatten von durchtanzten Sommernächten gelesen und erfreuten sich an den bretonischen Märkten. Alma überlegte, ob sie dort – das erste Mal in ihrem Leben – eine Auster probieren würde. Noch hatte sie sich nicht entschieden, die gesalzene Butter dagegen war kein Problem.

Nun stand im Rahmen ihrer Vorbereitungen ein letztes Highlight an. Hendrik sah seine Frau nicht an, denn er wollte keinesfalls, dass sich ihre Aufregung auf ihn übertrug. Ihren Anweisungen zufolge hatte er den blau-weiß-gestreiften Pullover angezogen, den sie ihm auf dem Bett zurechtgelegt hatte. Die Streifen ihres Pullovers waren rot-weiß. Es hatte Zeiten in ihrem Leben gegeben, da hatten sie Querstreifen würdevoller tragen können.

„Das ist eben bretonisch", hatte Alma auf seinen Blick hin gesagt und jeden weiteren Protest im Keim erstickt.

Es klingelte. Alma war in der Küche, deshalb öffnete Hendrik die Tür.

Wie eine frische Brise wehten die Gäste herein. Da Alma sich noch nicht blicken ließ, übernahm es Hendrik, zunächst Mathilde zu umarmen. Ihre Nachbarin von gegenüber war für ihre 85 immer noch sehr rüstig, nur kleiner war sie mit der Zeit geworden und etwas vergesslich. Hendrik musste sich zu ihr hinunterbeugen. Danach trat Hendriks und Almas Tochter

Anna durch die Tür, die ihren Verlobten Björn an der Hand hinter sich herzog, und schließlich der ewig ledige Hausmeister Hagenbeck, der zu einem gemeinsamen Essen gerne Ja sagte. Sie alle führte Hendrik mit einer einladenden Geste ins Esszimmer.

Erwartungsgemäß ließ das Lob der Gäste nicht lange auf sich warten. Alma hatte echtes bretonisches Lebensgefühl in ihr Esszimmer gezaubert. Kleine Leuchttürme mit Kerzen flackerten fröhlich auf dem Tisch, dazwischen flache Steine verziert mit keltischen Zeichen und gestreifte Servietten. Dieselben Streifen wie auf Hendriks Pullover. Außerdem wurde der Raum von einem fernen Wellenrauschen erfüllt. Dezent, nicht aufdringlich, gerade so, als sei die bretonische Küste nicht allzu weit entfernt.

Dann kam Alma. Ihre Wangen gerötet, wie immer, wenn sie aufgeregt war. Hendrik lächelte. Dies war der krönende Abschluss ihrer intensiven Vorbereitungen und er wusste, was dieser Abend seiner Frau bedeutete. Doch daran dachte er im Moment nicht. Er dachte daran, dass er sie sofort, vom Fleck weg wieder heiraten würde, genau so, mit diesen Wangen, den leuchtenden Augen und den Haaren, die sich aus ihrem Zopf gelöst hatten und von denen einige inzwischen grau geworden waren.

„Es gibt Galette complète."

„Was ist das, Mama?", fragte Anna.

„Lass dich überraschen."

Alma stellte das Tablett ab. Hendrik holte den gekühlten Cidre aus der Küche. Das prickelnde Getränk aus Äpfeln passte hervorragend zum Essen und zum Motto des Abends.

„Ach, Pfannkuchen." Annas Enttäuschung war unüberhörbar.

„Das sind keine Pfannkuchen, sondern Buchweizencrêpes mit Schinken, Käse, Ei und Butter", verbesserte Hendrik seine

Tochter, während er allen einschenkte. Der Cidre schimmerte golden und Hendrik dachte an den Sonnenuntergang an der Pointe du Raz, der Alma so wichtig war.

Mathilde ließ sich nicht lange bitten und fischte sich schon eine der heißen, zusammengeklappten Köstlichkeiten vom Tablett. Sie schnitt ein Stück ab, schob es in den Mund und kaute vorsichtig darauf herum.

„Oh, là, là!"

„Ist was, Mathilde?", fragte Alma irritiert, die sich von der Pfannkuchen-Bemerkung ihrer Tochter offenbar noch nicht erholt hatte.

„Versalzen. Ich glaube, die Köchin ist verliebt." Mathilde fuchtelte mit der Gabel in Almas Richtung. „Jajaja, dafür ist man niemals zu alt."

Hendrik beobachtete seine Frau genau, jetzt kam es auf ihre Stimmung an. An manchen Tagen steckte sie so etwas weg, aber gelegentlich führte so eine Bemerkung zu einer gefährlichen Verschiebung ihrer Laune. Diesmal lachte sie. Er atmete auf.

„Du hast zwar recht, liebe Mathilde, ich bin verliebt", sie sah in Hendriks Richtung, „aber das hat nichts mit dem Salz auf dem Galette zu tun. Die Bretonen bevorzugen gesalzene Butter auf ihren Crêpes.

„Ach so", sagte Mathilde und schnalzte mit der Zunge. „Dann isses ja gut."

„Also, mir schmeckt es", brachte sich Björn ins Gespräch. Dies bestätigte Hagenbeck, der immer zufrieden das aß, was auf den Tisch kam.

„Wohin wollt ihr nochmal?", fragte Mathilde plötzlich.

„Wir planen eine Reise in die Bretagne." Alma erzählte von den herrlichen Aussichten, langen Stränden und mittelalterlichen Städten. Hendrik brachte französischen Käse aus der Küche. Allen schien es zu schmecken und er war zufrieden.

Es hätte ein perfekter Abend werden können, wenn Anna vielleicht früher gegangen wäre. Sie klopfte sich auf den Bauch.

„Aber ich verstehe trotzdem nicht, Mama, warum ihr euch jedes Jahr so eine Mühe macht. Sie zeigte auf den Tisch. „Das Essen, die Dekoration und die Koffer. Das muss doch gar nicht sein, oder?"

Björn blickte seine Verlobte irritiert an.

Alma sah ihrer Tochter einen Augenblick wortlos in die Augen und alles am Tisch war still. Doch das fiel nur den wenigsten auf. Mathilde bekam nichts mit, weil sie eingeschlafen war, und Hagenbeck konzentrierte sich auf die übrig gebliebenen Käsestückchen. Nur Hendrik, der einen Schluck Cidre hatte trinken wollen, erstarrte. Brenzlige Situationen hatten die Angewohnheit aus dem Nichts aufzutauchen. Von ihm hatte seine Tochter ihre direkte Art jedenfalls nicht. Doch Alma parierte schlagfertig. „Wie meinst du das, diese Mühe lohnt sich nicht? Hat es dir nicht geschmeckt, hast du dich nicht wohlgefühlt?"

Björn nickte ungefragt und hob sein Glas.

Anna seufzte. „Doch natürlich, Mama. So meinte ich das ja auch nicht. Ich finde es nur unnötig, wenn..."

Alma unterbrach sie. Björn setzte sein Glas wieder ab. „Meine liebe Tochter, wenn du irgendwann einmal ein paar Jahre durchgehalten hast", ihr Blick streifte Björn, „dann wirst du vielleicht verstehen, dass es Dinge gibt, die eine Beziehung ausmachen. Aber das sind nicht unbedingt Sachen, die man anfassen kann, es sind Gefühle und Worte, die unter der Oberfläche liegen. Momente des Glücks, die für andere möglicherweise nicht einmal nachvollziehbar sind. Man zelebriert sie, mögen sie in den Augen Dritter noch so ungewöhnlich sein."

„Das finde ich gut, jeder so, wie er mag", sagte Björn und sah seine Verlobte herausfordernd an.

„Björn, du weißt doch gar nicht, worum es geht."

„Doch. Es geht um die Liebe!"

Da er damit recht hatte, gestaltete sich der weitere Verlauf des Abends einigermaßen friedlich.

Schließlich, nachdem alles aufgegessen und man dem bretonischen Lebensgefühl mehr als gerecht geworden war, wurde es Zeit, die Gäste zu verabschieden. Hendrik beugte sich zu Mathilde hinunter, die mit dem Kopf auf dem Tisch eingeschlafen war, und weckte sie vorsichtig auf. Hagenbeck bot an, die alte Dame bis zur Tür nebenan zu begleiten. Auch Anna und ihr Verlobter verließen die Wohnung. Hendrik und Alma schlossen die Wohnungstür hinter ihren Gästen. Sie waren wieder für sich.

„Sie verstehen es nicht", sagte Alma und zuckte mit den Schultern.

„Wie könnten sie?", antwortete Hendrik und küsste sie auf die Stirn.

Am nächsten Morgen wachte Hendrik vor seiner Frau auf. Er dachte an die gepackten Koffer und an die Vorbereitungen der letzten beiden Wochen. Es war alles beisammen, was für eine Reise in die Bretagne nötig war. Und sie hatten ein bretonisches Fest in ihrem Esszimmer gefeiert. Alma und er hatten insgesamt fünf Reiseführer gelesen, Ferienwohnungen im Internet herausgesucht, Touren geplant und festgestellt, dass eine Anreise mit dem Zug am elegantesten war. Sie könnten eine Nacht in Paris verbringen und dann mit dem TGV weiter nach Quimper fahren. Dort würden sie sich einen Mietwagen nehmen. Mit diesem wäre es nur noch eine Autostunde bis in den westlichsten Zipfel der Bretagne. All dies sah er so klar vor sich, als habe er die Reise zusammen mit Alma bereits hinter sich. Wenn er die Augen schloss, dann fühlte er den Sand unter seinen Füßen und die kalten, schäumenden Wellen, die an die bretonische Küste schwappten. Er konnte Alma sehen, wie sie lachend mit dem Wind tanzte. Dabei sah sie so unglaublich jung aus. In Gedanken sah er seiner Frau bei ihrem Tanz zu, während ihm das Salzwasser ins Gesicht spritzte. Hand in Hand spazierten sie durch den Wald von Paimpont und umrundeten übermütig die Menhire...

All das sah er, denn so war es geplant und so hatten sie es in ihren Gedanken in den letzten zwei Wochen durchlebt. Jeden Tag hatten sie sich auf ihre innere Reise begeben. Genau das war ihre Art Urlaub zu machen!

Morgen würden sie die Koffer wieder auspacken. Anna würde ihr Ungetüm auf den Dachboden schleppen. Die Reiseführer verschwanden zu den anderen ins Bücherregal, die Karte würde ordentlich gefaltet und der restliche Cidre in den Keller gebracht werden.

Er konnte es seiner Tochter nicht verübeln, dass sie das nicht verstand. Zugegeben, es war ein bisschen verrückt. Doch für ihn und Alma war es eben am schönsten, gemeinsam zu träumen und das konnten sie gut hier zu Hause, indem sie eben nur so taten, als stünde eine Reise kurz bevor. Wichtig war nur, dass sie das Spiel mit aller Konsequenz durchliefen. Das Kofferpacken war elementar!

Alma rührte sich neben ihm. Ein paar Minuten und sie würde aus ihren Träumen auftauchen und dann würden sie an diesem Tag noch einmal das Vorgefühl ihrer Bretagne-Reise genießen. Er streichelte ihre Wange und Alma schlug die Augen auf.

„Liebling, vergiss den Föhn nicht", flüsterte er.

GLÜCKLICHE FAHRT

*E*in sakrischer Wind wehte. Der Ammersee lässt seinen alten Dampfer halt doch nicht einfach so ziehen, dachte Alfons. Stundenlang stand er jetzt schon hier und wartete. Es war ihm nicht leichtgefallen, mitten in der Nacht aus seinem warmen Bett zu steigen und die Elisabeth hatte ihm auch nur einen Vogel gezeigt, bevor sie sich auf die andere Seite umdrehte.

„Du spinnst ja", hatte sie gesagt und Alfons hätte ihr unter normalen Umständen schon recht gegeben. Aber das hier war eben was anderes.

Erst hatte er ja nur davon gehört, dass sie ein Schiff nach München überführen wollten.

„So ein Schmarrn", hatte er damals zur Elli gesagt. „Wo soll denn hier ein Schiff hin?"

„Auf die Isar?", antwortete seine Frau, in der ihr eigenen Logik und der Alfons hatte nichts mehr dazu gesagt.

Aber dann las er, dass es ein richtig großes Schiff sei, ein Dampfer vom Ammersee, und da hatte er dann schon ein komisches Gefühl gehabt. So ein Trumm würden sie doch niemals auf die Isar bekommen.

„Was machen die denn jetzt mit dem Schiff?", hatte er die Elli gefragt. Doch die zuckte mit den Schultern, weil sie sich

80

für überhaupt nichts interessierte, was mit Wasser zu tun hatte. Für Boote schon gar nicht. Die Elli, die wollte immer nur auf den Berg kraxeln und von oben runterschauen. Dem Alfons hätte es ja gereicht, von unten hochzuschauen. Aber wenn er mit seiner Frau auf dem Gipfel stand, dann gefiel es ihm doch ganz gut.

„Siehst du, ist doch schön, oder?" In solchen Momenten war die Elli sehr glücklich und nahm ihn richtig fest in den Arm. Das gefiel wiederum dem Alfons, denn so nahe waren sie sich sonst selten. Deshalb hatten sie auch schon ein paar Berge zusammen bestiegen. Aber an die See, dahin brachte er sie selten. Da leistete sie einen mordsmäßigen Widerstand. Gelegentlich fuhren sie an den Starnberger See und spazierten ein bisschen herum. Doch auf ein Boot hätte er seine Frau nicht bekommen. Das brauchte er gar nicht zu versuchen.

„Wenn ich Wasser unter meinen Füßen habe, werde ich nervös", meinte sie nur und ließ sich nicht umstimmen. Da konnte er noch so schlau daherreden, von der Sicherheit an Bord und dass so ein Ausflugsdampfer sehr robust sei. Die Elli schüttelte den Kopf. Dabei wäre er so gern mal mit ihr Schiff gefahren.

Jetzt stand er hier im eiskalten Februarwind und hatte das Gefühl, als bringe ihm der liebe Gott höchstpersönlich ein Geschenk. Es war der 22. Februar und sein 66. Geburtstag. Zwei Schnapszahlen, das hatte doch was zu bedeuten!

Am Nachmittag hatte die Elli ihm einen Kuchen serviert, auf den sie mit Zuckerschrift geschrieben hatte: Mit 66 Jahren, da fängt das Leben an!

Das glaubte er nun gar nicht, sein Leben hatte schon lange vorher angefangen. Aber als er seiner Frau versuchte das zu erklären, regte sie sich wieder auf. Es war meistens besser, man sagte nicht zu viel. Diesmal hatte er Glück gehabt, weil sein Geburtstag war.

„Ach, das sagt man doch nur so, Alfons. Dass du alles so ernst nehmen musst."

Aber wenn er sie nicht ernst nahm, war es auch nicht richtig. Männer und Frauen, die denken einfach unterschiedlich, fand Alfons.

Inzwischen hatte sich eine beachtliche Menge an Zuschauern in der Lagerhausstraße eingefunden. Alle wollten dabei sein, wenn sie einen Ausflugsdampfer vom Ammersee mitten nach München brachten, um ihn dann auf einer Eisenbahnbrücke abzustellen. Das Unterfangen war lange vorbereitet worden und Alfons verfolgte jeden Bericht darüber. Der neue Schiffseigner hatte zwar nur einen Euro für das stattliche Schiff gezahlt, musste aber viele Hürden nehmen. Eine davon war, den Dampfer unbeschadet aus dem Ammersee zu hieven und über fünfzig Kilometer, teilweise über Autobahnen, nach Sendling zu bringen. Das Boot war für den Transport horizontal in zwei Teile geteilt worden. Allein der Gedanke daran schnitt Alfons ins Herz, denn er kannte dieses Schiff.

„Papa, fahren wir heute mit einem richtigen Boot?"

„Sicher Fonsi, da kannst du vorne am Bug stehen und dir den Wind um die Nase wehen lassen."

Sie waren extra ganz früh aufgestanden und hatten Mutter und Schwester schlafen lassen.

„Die Frauen müssen wir nicht wecken, die interessieren sich nicht für Schiffe", hatte sein Vater gesagt. Dann hatte er ihn an die Hand genommen und sie waren leise aus dem Haus geschlichen. Sein Vater trug einen großen Rucksack, den er auf den Rücksitz des Autos verstaute. Alfons durfte zur Feier des Tages vorne sitzen. Und dann braustern sie an den Ammersee. Während der Fahrt streckte er immer wieder den Kopf aus dem Autofenster.

„Wann kommt denn der See?"

„Der See kommt gar nicht. Wir fahren hin", antwortete sein Vater lachend.

Alfons kam es vor wie eine Ewigkeit, aber irgendwann tauchte sie dann direkt vor ihren Augen auf: die MS Utting. Das strahlende Dampfschiff lag ruhig auf dem Wasser, so als habe es nur auf die beiden gewartet. Alfons gefielen vor allem die weißen Rettungsringe.

Vater und Sohn gingen an Bord und stiegen auf das Sonnendeck. Sie machten es sich auf den glatt polierten Holzbänken gemütlich und Alfons kuschelte sich in den Arm seines Vaters. Dort blieben sie auch noch ganz still sitzen, als das Boot sich langsam in Bewegung setzte. Es schaukelte nur ein bisschen. Mitten auf dem Ammersee packte sein Vater dann die Brotzeit aus. Brot, ein Stück Salami, Käse und eine Flasche Apfelsaft. Später zauberte er sogar eine dunkle Schokolade aus dem Rucksack. Und wie sie da so auf dem See dahinglitten, dachte der Alfons, dass es auf einem Boot viel besser schmeckte als zu Hause am Küchentisch. Er hielt sich mit seinen beiden Händen an der Reling fest, sah weit über den See hinaus und wünschte sich sehnlichst, dass diese Fahrt niemals enden würde. Sein Vater hatte zum Glück eine lange Tour gebucht und so gingen sie mittags in einen der beiden Salons etwas essen. Alfons kam sich dabei sehr vornehm vor. In einem Salon war er vorher noch nie gewesen. Als sein Vater ihn fragte, wie er sich fühle, sagte Alfons: „Ich fühle mich einfach schwerelos, Papa!"

Als die MS Utting schließlich nach ihrer Fahrt wieder am Steg anlegte, war es Alfons schwer ums Herz. Am liebsten wäre er auf dem Schiff geblieben. Sie fuhren schweigend zurück nach Hause. Sein Vater schloss ihm die Tür auf und schickte ihn voraus ins Haus. Er hörte, wie die Haustür hinter ihm zufiel. Der Luftzug, in dem er eben noch gestanden hatte, erstarb schlagartig. Im Nachhinein würde er sich wie in Zeitlupe an diese wenigen Minuten erinnern. Danach sollte er seinen Vater nie wiedersehen.

All das ging ihm durch den Kopf, als er den Schwertransporter mit der MS Utting im Schritttempo auf sich zukommen sah. Genau genommen war es nur eine halbe Utting. Es schmerzte ihn sehr, das Schiff so zu sehen. Genau wie er hatte es seine Unversehrtheit verloren. Das imposante Oberdeck mit den weißen Rettungsringen fehlte. Nur der Rumpf lag auf dem Hänger und es war Millimeterarbeit, ihn zu transportieren. Es dauerte Stunden, bis die drei Kräne den Dampfer auf seinen neuen Platz gehoben hatten. Später folgte das Oberdeck, das passgenau auf den Rumpf aufgesetzt wurde. 26 Stunden nachdem sie das Schiff aus dem Ammersee geholt hatten, stand es endlich wieder komplett – wenn auch mit Riss im Rumpf – mitten in München-Sendling und direkt in Alfons' Nachbarschaft.

Jeden Tag kam Alfons wieder und sah sich an, was mit dem alten Dampfer passierte. Ein Gedanke drängte sich ihm dabei hartnäckig auf: Hatte ihm vielleicht sein Vater das Schiff geschickt? Es konnte doch kein Zufall sein, dass es direkt vor seiner Nase gelandet war.

Nachdem sein Vater ihn damals ins Haus geschoben hatte, wurde Alfons von seiner Schwester und seiner Mutter stürmisch empfangen. Sie hatten sich gesorgt, weil sie nichts von ihrem Ausflug gewusst hatten. Er wurde abwechselnd befragt, geschüttelt und geküsst, sodass er anfangs gar nicht zu Wort gekommen war. Doch dann gab er bereitwillig Auskunft und berichtete von ihrer glücklichen Fahrt über den Ammersee.

Niemand verstand, warum sein Vater die Familie verlassen hatte. Alfons' Mutter nicht, seine Schwester nicht, seine Großeltern nicht, die Nachbarn auch nicht. Irgendwie hatte Alfons das Gefühl, dass sie ihm die Schuld gaben, weil er der Letzte gewesen war, der ihn gesehen hatte. Viele Nächte lang überlegte er, ob er irgendeinen Hinweis übersehen hatte, ein Wort oder eine Geste, die ihm hätte vorhersagen können, was passieren würde. Doch es tauchte nur das freundliche und strahlende Gesicht seines Vaters vor seinen Augen auf.

„Wir müssen das halt so hinnehmen", meinte seine Mutter und streichelte ihm über die nassgeweinten Wangen.

Von da an übten Boote eine magische Anziehungskraft auf Alfons aus. Denn er war sicher, wenn sein Vater zurückkäme, dann garantiert auf einem Schiff. Und jetzt lag „sein Schiff", die MS Utting, praktisch vor seiner Haustür. Das musste doch etwas bedeuten.

Als er der Elli Jahre später von seinem Vater erzählt hatte, war ihre Antwort schlicht gewesen: „Man kann halt nicht in den Kopf eines Menschen hineinsehen."

Auf ein Boot war sie deswegen aber trotzdem nicht mit ihm gegangen. „Lass mich mit diesen nassen Dingern in Ruhe" war ihr Kommentar und dabei blieb es.

Aber jetzt war das Schiff ja auf dem Trockenen und das änderte die Lage aus Alfons' Sicht gewaltig. Denn es schipperte nicht mehr auf dem Ammersee, sondern sollte zu einer Bar mit Bistro und Bühne umgebaut werden. Alfons konnte sich beim besten Willen nicht vorstellen, wie man aus einem alten, verrosteten Ammersee-Dampfer eine Bar machen wollte. Tag für Tag beobachtete Alfons die Arbeiten vor Ort und las sämtliche Artikel, die er dazu in der Zeitung finden konnte. Der Boden auf dem Außendeck, auf dem er mit seinem Vater gestanden hatte, wurde erneuert, Decken eingezogen, Stromleitungen verlegt, die Küche umgebaut und Sanitäranlagen eingebaut. Ein bisschen bekam es der Alfons mit der Angst. Blieb am Ende überhaupt etwas von der MS Utting übrig, so wie er sie kannte?

Am 12. Juli war es endlich so weit, die Besatzung lud offiziell zur Schiffstaufe ein. Die MS Utting bekam einen neuen Namen und wurde in „Alte Utting" umbenannt. Alfons trug ein weißes Hemd und ein dunkelblaues Sakko und sah zu, wie die obligatorische Prosecco-Flasche erst beim zweiten Anlauf zersprang. Er war dabei, als der Schiffseigner mit den Gästen auf die neue „Alte Utting" anstieß und ihnen und den Angestellten eine allzeit gute Fahrt auf dem Dampfer wünschte.

Alfons tänzelte nach Hause. In zwei Wochen durften die ersten Gäste auf das Boot kommen.

Es dauerte ein wenig, bis er die Elli überredet hatte.

„Du weißt doch, dass ich mit Booten nichts anfangen kann", jammerte sie. Alfons ließ das nicht gelten.

„Diesmal musst du mit. Das Schiff ist nicht im Wasser, da wirst du mir den Gefallen schon tun können."

„Geh doch allein, Alfons."

Da war Alfons richtig giftig geworden. Er war zu seiner Frau in die Küche marschiert und hatte ihr geschworen, nie wieder einen Fuß auf irgendeinen Berg zu setzen, wenn sie nicht mitkam. Auf die Weise unter Druck gesetzt, hatte die Elli versprochen, ihn zur Eröffnung zu begleiten.

Der Sonnenuntergang tauchte Sendling in rostrotes Licht, als Alfons und Elli die Außentreppe zur „Alten Utting" hinaufstiegen. Eine Band spielte und viele waren gekommen, um das einzige Schiff auf einer Eisenbahnbrücke zu bestaunen. Alfons fühlte sich beschwingt und hatte butterweiche Knie. Doch vor der Elli wollte er das nicht zugeben.

„Bist du aufgeregt, Alfons?", fragte sie und er merkte, dass sie halt doch schon lange beieinander waren.

„Ach was", antwortete Alfons mit bröckeliger Stimme. Er räusperte sich. Elli drückte seine Hand.

„Du bist ja nicht allein."

Inzwischen hatten sie die erste Ebene erreicht. Hier war heidenmäßig viel los, doch Alfons zog seine Frau gleich ins Schiff hinein. Da war natürlich viel passiert, aber er fand sich trotzdem zurecht und zog seine Elli in den Bugsalon. Und weil alle draußen dem Sonnenuntergang zusahen, waren sie hier für einen Moment fast allein.

Die Elli setzte sich still auf einen roten Polstersessel. Alfons schlenderte Richtung Steuerbord und stellte sich an das große Fenster.

Vor ihm lag zwar nicht der Ammersee, doch fühlte er die Hand seines Vaters auf seiner Schulter, während er den Blick auf den brennenden Horizont richtete.

NACHTS IM ENGLISCHEN GARTEN

*W*as! Du willst nackt in den Englischen Garten?" Marias Gesichtsausdruck und ihre Stimme liefern sich einen Wettstreit des Entsetzens, bei dem Franka nicht zu sagen vermag, wer vorne liegt.

Franka lacht. „Nein, keine Sorge, ich will ja niemanden erschrecken. Du hast mich nicht richtig verstanden. Ich möchte nachts in den Englischen Garten, nicht nackt."

„Ach so. Naja, auch nicht viel besser."

„Warum? Was stört dich daran?"

„Da laufen doch nur Betrunkene herum, schlimmstenfalls sogar Vergewaltiger."

Franka nimmt einen Schluck Kaffee und versucht zu erklären, was Maria vermutlich nie verstehen wird.

„So ein Unsinn. Ich glaube, es muss dort nachts traumhaft sein. Stell dir vor, komplette Stille, nur ich und die Dunkelheit…"

„Pfff, es ist niemals absolut leise. Es gibt immer irgendwelche Geräusche. Und ich kann dir jetzt schon sagen, dass sie dir so ganz allein im dunklen Englischen Garten vorkommen werden, als habe jemand die Lautstärke hochgedreht."

„Ach, so schlimm wird es schon nicht sein und ruhiger als bei mir ist es allemal. Die Baustelle vor meinem Haus raubt

mir den letzten Nerv. Gestern gab's auch noch einen Unfall."
Sie verdreht die Augen.

„Mach doch einfach die Fenster zu", rät Maria.

Franka schnaubt. „Das ist doch nicht dasselbe. Ich muss
mal weg von allem, kein Licht, kein Mensch, kein Krach. Detox
von der Stadt."

„Das wirst du nirgendwo in München finden."

„Doch, vielleicht nachts im Englischen Garten."

Ihre Freundin atmet hörbar aus. „Ich kann dich sowieso
nicht davon abbringen. Aber dein Handy bleibt eingeschaltet.
Dann kannst du mich anrufen, wenn was ist."

„Klar. Ich warte nur noch auf den nächsten Vollmond und
dann geht's los."

Nicht zum ersten Mal an diesem Tag prüft Franka den Inhalt
ihres Rucksacks. Eine Thermoskanne mit heißem Tee, eine
Taschenlampe, eine Fleecejacke... Das Handy ist voll aufge-
laden. Gerade als sie es in den Rucksack stecken will, vibriert es
in ihrer Hand.

„Wollte nur mal sehen, ob du dein Handy auch hörst."

„Klar." Franka hat mit diesem Anruf gerechnet. „Du kannst
wirklich beruhigt sein, Maria. Ich reise ja nicht nach Sibirien,
sondern nur in den Englischen Garten."

„Ich verstehe immer noch nicht, warum ich nicht mitkom-
men soll. Dann wärst du nicht so allein."

„Aber ich will doch allein sein!"

Maria stöhnt. „Es grenzt wirklich an ein Wunder, dass wir
beide befreundet sind."

„Gegensätze ziehen sich an."

„Die Geräuschesammlerin und die Ruhesuchende."

„Genau", bestätigt Franka. „Und jetzt krieg dich ein. Ich
rufe dich morgen an." Sie steckt das Handy weg und wartet auf
die Nacht.

Von irgendwoher aus der soften Dunkelheit dringen die vertrauten Töne des Songs „Sommer in der Stadt" an ihr Ohr. Die Spider Murphy Gang trifft anscheinend den Nerv der versprengten Grüppchen, die um Mitternacht in der lauen Nachtluft im Englischen Garten herumlungern. Das Milchhäusl liegt verlassen da, aber von Ruhe keine Spur. Flaschen klimpern, Rufe, Rascheln, ein ewiges Suchen und Finden und Lachen.

Frankas Augen gewöhnen sich langsam an das fahle Licht. Manches muss man gar nicht richtig sehen, um es zu erkennen. Im Mondlicht wirken die Umrisse des Monopteros wie aus dem Himmel herausgeschnitten. Ein griechischer Tempel auf einem künstlichen Hügel mitten in der Stadt.

Als Franka sich mit dem Rucksack auf den Schultern an den Aufstieg macht, fühlt sie sich wie die Teilnehmerin einer Forschungsreise. Expedition in den Englischen Garten, denkt sie. Oben angekommen stellt sie ohne große Überraschung fest, dass sie nicht allein ist. Natürlich nicht. Eine Schar Mondlichthungriger hat sich hier zusammengefunden. Doch Franka hat keine Angst vor den flüsternden Stimmen und dem leisen Gekicher, das im Rundtempel herumweht. Es ist Sommer in der Stadt.

„Hey, junge Frau, komm doch her."

Zunächst kann Franka nicht ausmachen, wer sie angesprochen hat. Doch dann erkennt sie einen älteren Mann, der an eine der Säulen gelehnt sitzt. Er sieht aus wie einer, der schon viel erlebt hat. Ein Lebenskünstler mit einem bunten Schal und abgelaufenen Schuhen.

„Setz dich her, wenn du willst. Hier ist noch Platz."

Franka zögert, doch dann nimmt sie das Angebot an.

Der Lebenskünstler hat eine brüchige Stimme. „Schön hier, was?"

„Man vergisst, dass man mitten in einer Großstadt ist", antwortet Franka.

„Was suchst du hier?", fragt der Mann leise, ohne seinen Blick vom Horizont zu lösen.

Ein paar Minuten überlegt Franka und genießt das ungewohnte Gefühl, dass er sie nicht zu einer Antwort drängt. Die Zeit läuft anders in der Dunkelheit.

„Ich suche die Ruhe."

Er lacht auf. „Dann bist du aber am falschen Ort, Mädchen."

Zum Beweis weist er in Richtung Wiese. Grelle, weiße Handydisplays schweben quadratisch durch die Finsternis und stellen ganze Geschwader von Glühwürmchen in den Schatten. Jede Menge Nachtschwärmer tappen noch durch die Finsternis, den Blick auf den Bildschirm gerichtet. Mit einem Handy ist man nie allein.

„Teufelsdinger", schimpft der Lebenskünstler.

„Und Sie?", fragt Franka. „Was machen Sie hier?"

„Sag nicht Sie, so alt bin ich auch noch nicht. Ich bin der Benno."

„Okay Benno, was machst du hier?"

„Du suchst die Ruhe, ich die Weite. Manchmal ist mir einfach alles zu eng." Er starrt in die Ferne. „Bis vor Kurzem habe ich unter einer Brücke geschlafen und gelegentlich sehne ich mich danach zurück." Er steht auf. „Aber jetzt muss ich los, sonst macht sich meine Freundin Sorgen." Er steht auf. „Also, dann gute Nacht noch und wenn du wirklich Ruhe willst, dann musst du viel weiter in den Park hineinlaufen. Über die Brücke, Richtung Norden, da wo die Schafe sind. Du kannst sie nicht überhören." Er zwinkert ihr zum Abschied zu.

„Okay, das finde ich, danke für den Tipp."

Der Englische Garten fühlt sich unendlich an und der Mond begleitet sie. Darüber hat sie sich schon als Kind gewundert. Wenn sie stehen bleibt, dann bleibt der Mond auch stehen. Das gibt ihr ein Gefühl von Geborgenheit, auch wenn langsam eine feuchte Kälte durch den Stadtpark zieht. Wasser plätschert. Es ist ein Uhr und immer noch ist Franka nicht allein. Wortfetzen fliegen ihr zu.

„Wo? Ich seh euch nicht."

Der Typ klingt ein bisschen verzweifelt. Franka spürt deutlich, wie sich ihre Sinne an der Dunkelheit wie an einer Klinge schärfen.

„Wo seid ihr Mann!"

Franka bleibt stehen, horcht ins Schwarze.

Seine Schritte bewegen sich in einiger Entfernung auf und ab. Sie verhält sich still und wartet.

„Ah! Jetzt seh ich euch. Ich leg auf."

Schnelle Schritte, die sich entfernen. Franka stöhnt genervt auf. „Hier ist ja mehr los als sonntags bei meinem Lieblingsbäcker." Sie denkt an Maria, die ihr genau das prophezeit hat: Auch nachts kommt der Englische Garten nicht zur Ruhe. Dafür sind einfach noch zu viele Leute in dieser Sommernacht unterwegs. Fast so viele wie tagsüber, nur dass jemand das Licht ausgeschaltet hat.

Franka läuft weiter und es dauert gar nicht lange, dann schwappt Trubel vom Seehaus zu ihr herüber. Da versammeln sich die, die sich noch nicht voneinander trennen wollen, obwohl das Seehaus gerade zugemacht hat. Franka stellt sich vor, wie sie einander zuprosten, sich necken, lauthals in die Nacht hinein lachen. Wenn sie dabei nur nicht so laut wären! Ohne einen Blick zu riskieren, lässt sie das johlende Geräuschpaket links liegen. Es wird doch wohl möglich sein in diesem riesigen Park irgendwo seine Ruhe zu haben? Trotzig setzt Franka ihren nächtlichen Spaziergang fort. Immer Richtung Norden, genau wie es Benno gesagt hat.

Franka hofft, im nördlichen Teil des Englischen Gartens endlich die genießerische Stille zu finden, die sie sich so dringend wünscht. Die Baustelle vor ihrem Haus hatte sich zu einer wahren Geräuschhölle entwickelt. Vor allem der Presslufthammer war unerträglich. Man hörte ihn sogar bei geschlossenen Fenstern und wenn die Arbeiter mit ihren Baggern kamen, vibrierte der Fußboden. Franka war kurz davor gewesen durchzudrehen. Seitdem hatte sie sich in den Kopf gesetzt, irgendwo in München die absolute Stille zu finden.

Doch plötzlich wird es noch einmal richtig laut. Es hört sich so an, als würde Franka sich direkt auf eine rauschende Brandung zubewegen. Kurze Zeit später steht sie auf Brücke über dem Mittleren Ring. Es sind gar nicht so viele Autos unterwegs, aber sie brettern über den Asphalt und erfüllen die Dunkelheit mit ihrem Tosen und mit rasenden, glühenden Scheinwerfern. Es ist merklich heller hier. Der Mond ist wie ausgeknipst. Franka nutzt das Licht, öffnet ihren Rucksack und trinkt einen Schluck Tee aus der Thermoskanne. Auf die Taschenlampe kann sie bisher gut verzichten.

Nachdem sie die Brücke überquert hat, wird es dunkler und ihre Pupillen brauchen einen Moment, um sich umzustellen. Nun wird der Englische Garten wilder, die Luft frischer und Franka taucht in eine geheimnisvolle, schattenhafte Welt ein.

Es könnte wohl sogar leise sein, wenn in diesem Moment nicht ein schrilles Kläffen die herrliche Stille zerreißen würde. Schon saust ein kleiner Vierbeiner an einer ziemlich langen Leine auf sie zu und zerrt sein Herrchen selbstbewusst mit sich.

„Hektor, dass du immer so ein Theater veranstalten musst, wenn jemand kommt." Der Mann bleibt stehen. „Entschuldigen Sie bitte. Normalerweise sind wir um diese Zeit hier immer allein unterwegs."

Franka seufzt. „Das macht doch nichts. Der Englische Garten ist schließlich für alle da", sagt sie und denkt genau das

Gegenteil, nämlich dass es gut wäre, nicht so viele Leute rein-
zulassen.

„Ich fürchte, Hektor muss noch mal in die Hundeschule."

„Ja, das kann nie schaden", findet Franka, doch das Gespräch
endet abrupt, denn Hektor hat schon wieder die Führung
übernommen und zieht heftig an der Leine. Die beiden verschwinden in der Dunkelheit.

Außer Sichtweite scheint sich das Tier zu beruhigen, denn
das Bellen hört auf. Gott sei Dank.

Nach einer Weile, als Franka den Glauben daran fast schon verloren hat, empfängt sie ein seliger Ort. Es ist dunkel und es ist
so ruhig, dass sie ihren eigenen Herzschlag hören kann.

Das Amphitheater in seinem perfekten Halbkreis liegt einsam da. Umgeben von hohen Bäumen und Büschen finden
hier an Sommerabenden Theateraufführungen statt. Aber so
spät sitzt heute niemand mehr auf den flachen Stufen und
Franka ist froh um die Einsamkeit. An Spieltagen verwandelte
sich die Wiese in eine Bühne. Dann kommen die Zuschauer
schon am Nachmittag zuhauf mit ihren Decken und Picknick-
körben, mit Baguette, Tomaten und Mozzarella, Wein und
allem, was sie sonst noch tragen können. In der Dämmerung
werden leuchtende, orangefarbene Laternen verteilt und große
runde Papierballons spenden während der Freilichtvorstellung
Licht. Den Schauspielern ist man dann zum Greifen nahe und
fühlt sich als Teil des Stücks.

Obwohl niemand mehr hier ist, glaubt Franka den rau-
schenden Beifall zu hören und die geschliffenen Stimmen der
Akteure, die die Arena erfüllen. Der Boden hat den Applaus
aufgesogen und ein fernes Echo vergangener Emotionen erfüllt
die Stille. Konserviertes Glück, denkt Franka, stellt den Rucksack ab und setzt sich ein paar Meter weiter auf die Wiese, die
die Wärme des Tages gespeichert hat. Sie legt ihre Handflächen

auf das Gras. Endlich, endlich ist es leise! Ihre Freundin Maria würde am Ende doch nicht recht behalten. Sie schließt die Augen.

„Bereit sein ist alles."

Franka erschrickt so sehr, dass ihr Herzschlag losstürmt, doch bewegen kann sie sich nicht. Wie festgenagelt stiert sie in die Nacht, die plötzlich so finster erscheint, als hätte jemand über alles ein dunkles Tuch geworfen. Es ist dunkler als dunkel und irgendwo in ihrer Nähe lauert ein Mann, dessen Stimme mit einem Schlag all den Frieden und die Stille zerstört hat.

Jetzt wäre genau der richtige Moment, um Maria anzurufen, aber der Rucksack scheint unerreichbar weit weg und damit auch das Hilfe versprechende Handy. Franka nimmt ihren Mut zusammen.

„Hallo? Wer ist da?"

Keine Antwort. Die Angst kriecht ihr langsam den Rücken hinauf, bis sie endlich im Nacken ankommt. Franka lauscht in die ohrenbetäubende Stille und plötzlich hört sie allerlei Geräusche: ein Knacksen, Surren, ein Schleifen, Fiepen und ganz sicher auch Schritte, die sich über die Wiese bewegen.

„Hallo? Wo sind Sie?", ruft sie und merkt, dass die Angst sich einen Weg in ihre Stimme gebahnt hat. Sie klingt seltsam fremd. Doch wieder erfolgt keine Reaktion und mit Entsetzen registriert Franka, dass sie sich immer noch nicht rühren kann. Panik ballt sich in ihrem Herzen zusammen und beeinflusst jede noch so kleine Wahrnehmung. Die Gedanken in ihrem Kopf toben in einem wilden Sturm durcheinander.

Wer um alles in der Welt treibt sich nachts hier herum? Und warum zeigt er sich nicht?

„Hallo! Verdammt nochmal, wo sind Sie!"

Keine Antwort. Leise Schritte.

Ein seltsames Geräusch erklingt. Eins, das überhaupt nicht in diese Umgebung passt. Metallisch. Kurz.

Franka duckt sich, kneift die Augen zusammen. Krampfhaft versucht sie, sich vorzubereiten. Auf einen Schlag, einen Angriff...

Grelles Licht, das durch ihre geschlossenen Lider dringt.

„Sein oder Nichtsein, das ist hier die Frage."

Franka reißt ihr Augen auf. Ihr bietet sich ein erstaunliches Bild: Die Mitte des Amphitheaters wird von einem Scheinwerfer angestrahlt und im Lichtkegel steht ein großer Mann. Er trägt ein Kostüm mit einem ockerfarbenen, samtenen Hut, darauf eine rote Feder. Er steht da wie ein historisches Standbild und lächelt ihr entgegen. Franka ist sich nicht sicher, ob sie es hier mit einem Verrückten zu tun hat. Doch, das muss ein Verrückter sein! Wer sonst würde hier mitten in der Nacht eine Bühne aufbauen und in voller Montur auftreten? Gefährlich sieht der Mann aber eigentlich nicht aus.

„Man sieht es einem Verbrecher nicht an, dass er einer ist", würde Maria jetzt vermutlich sagen. Vielleicht hätte Franka auf ihre Freundin hören sollen. Doch dann reißt sie sich zusammen. Noch ist ja nichts passiert. Frankas Verstand setzt wieder ein und ihr Herz beruhigt sich. Wenn er mich angreifen wollte, hätte er es doch längst getan.

Der Mann nimmt dem Hut vom Kopf, verbeugt sich tief. Bei so viel Anstand wird Franka mutig: „Was machen Sie hier mitten in der Nacht? Sind Sie verrückt?"

Mit einer weiten Bewegung breitet er die Arme aus. „Ich mag diesen Ort und könnte gerne meine Zeit damit verschwenden."

Noch ein Shakespeare-Zitat, schießt es Franka durch den Kopf. Ein durchgeknallter Theaterschauspieler also.

Er stemmt die Hände in die Hüfte und nickt ihr zu, so als wolle er sagen: „Sprich nur, ich werde dir Antwort geben."

Und Franka lässt sich auf das Spielchen ein, denn eins ist ihr klar geworden: Meister Shakespeare mag merkwürdig sein, gefährlich ist er aber wohl nicht. Nun wesentlich entspannter lehnt sie sich zurück und ruft nach einigem Nachdenken: „Holder Herr, was tust du hier in tiefer Nacht? Ist das normal?"

Seine Antwort folgt in bewährter Manier: „Es gibt mehr Dinge im Himmel und auf Erden, als eure Schulweisheit sich träumt."

Das ist bestimmt einer der Schauspieler des Sommertheaters, vermutet Franka. Sie selbst hat einige Jahre im Schultheater mitgewirkt und liebte damals vor allem die Improvisation. Oberstes Gebot: auf eine Situation einlassen und sich dem Gegenüber anpassen.

„Du hast wohl recht, edler Mann. Doch der Schrecken hatte mich in seiner Hand, als ich dich sah, nachts in deinem Gewand."

Jetzt tritt Meister Shakespeare ein paar Schritte in ihre Richtung, legt die Hände wie einen Trichter an seinen Mund und ruft: „Im Schwachen wirkt die Einbildung am stärksten."

Franka lacht und genau in dieser Sekunde wird ihr bewusst, in welch irrwitziger Situation sie sich befindet: Sie sitzt mitten in der Nacht im Amphitheater des Englischen Gartens, von Finsternis umgeben und unterhält sich mit einem höchst wundersamen Menschen in Verkleidung, der nur in Zitaten spricht. Wenn sie das später Maria erzählt...

„Wer auf der Welt lehrt dich, die Schönheit sehn, wenn nicht das Auge einer Frau?", deklamiert der Mann auf seiner Bühne und fordert erneut Frankas Aufmerksamkeit.

„Es ist spät", stellt diese fest und merkt zum ersten Mal in dieser Nacht, dass sie müde wird.

„Willst du schon gehen? Der Tag ist ja noch fern", antwortet er.

„Ich glaube, mein Bett ruft." Das klang ein bisschen spröde, aber Franka war nichts Besseres eingefallen.

Ihr Gesprächspartner kontert mit einem weiteren Zitat. „Ja, mich dünkt, ich wittre Morgenluft." Damit wendet er sich ab und schreitet auf den Rand des Lichtkegels zu.

Das Spiel ist aus. Doch ohne Abschied will Franka ihn nicht gehen lassen. „Ich danke dir, du edler Herr", ruft sie im nach.

Theatralisch und mit wehendem Umhang dreht er sich noch mal um. „Die ganze Welt ist eine Bühne und alle Frauen und Männer bloße Spieler, sie treten auf und gehen wieder ab." Mit diesen Worten wendet er sich ab und verschmilzt mit dem Schatten. Kurz darauf hört Franka wieder dieses seltsame Geräusch, vermutlich den Schalter der Lampe. Dann ist es dunkel, sehr, sehr dunkel. Die Luft knistert da, wo gerade noch Licht war.

Franka verharrt und lauscht, wie Meister Shakespeare offenbar die Lampe abbaut und verschwindet. Um seinen Abgang nicht zu stören, bleibt sie eine Weile sitzen, wie nach einem guten Konzert. Das Nachgefühl genießen.

Schließlich steht sie auf, holt ihren Rucksack und schlendert durch die Nacht, die jetzt nicht mehr furchteinflößend ist. Franka fühlt sich gut aufgehoben und von der samtenen Dunkelheit umarmt, sogar beschützt. Sie hört den Wind in den Baumwipfeln, kleine Tiere, die durch das Gestrüpp huschen, Grillen zirpen.

Sie ist allein.

Es ist leise.

Einsam.

Franka atmet tief ein.

Glück.

Es blökt.

Ganz in der Nähe.

AUSGESETZT

*H*ardcover", flüstert die Schriftstellerin. Sie sagt es mehr-
mals laut, obwohl sie ganz allein in ihrem Schreibzimmer sitzt.
Sie sagt es, um die Magie dieses Wortes heraufzubeschwören.
Denn immer wenn sie es ausspricht, jagt ein prickelnder Schau-
er ihre Wirbelsäule entlang. Ein Gefühl, wie nach dem ersten
Kuss.

Das Buch fühlt sich matt und samtig an. Das Cover zeigt eine
hochglänzende Kaffeemaschine. Gute Espressomaschinen wie-
gen viel, genauso wie das Buch. Auf der Tassenablage stapeln
sich Keramikbecher in Ockergelb und Braun. Ein auffallend
türkisblauer Putzlappen liegt unter der Milchschaumdüse,
gleich daneben auf dem Tisch versammelt sich eine Familie aus
Milchkännchen in unterschiedlichen Größen. Es ist ein schönes
Buch und die Augen der Schriftstellerin leuchten, wenn sie es
ansieht. Die geschwungene Schrift des Titels gefällt ihr besonders. Für dieses Buch war sie weit herumgekommen. Es hatte sie
an den Rand der Alpen gebracht und in bayerische Orte, von
denen sie vorher noch nie gehört hatte. Das Buch war voller
Menschen und ihren Geschichten.

Die Schriftstellerin streicht über das Cover, erinnert sich an
die besonderen Momente, die sie damit verbindet, und strahlt.
Wie ein Honigkuchenpferd, denkt sie bei sich, um sich sofort

dafür zu schimpfen. In ihrem Manuskript würde sie sich eine solch abgegriffene Phrase nicht erlauben, weshalb sie sich gleich eine Alternative einfallen lässt. Man könnte das „Honigkuchenpferd" durch „ein bretonisches Leuchtturmlicht in einer sternenklaren Nacht" ersetzen, aber das wäre wohl auch zu viel des Guten.

Leser ahnen nicht, wie verbissen man nach einem einzigen Wort suchen kann. Manchmal schläft sie schlecht, weil sie einen miesen Satz geschrieben hat. Dann steht sie mitten in der Nacht auf und versucht, einen besseren zu finden, einen, mit dem sie weiterschlafen kann.

Die Schriftstellerin seufzt und ärgert sich über die Stille in ihrem Büro. Sie schaut aus dem Fenster. Es ist heller Tag, die Sonne scheint. Menschen laufen vorüber. Sie gehen derart zielstrebig, als wüssten sie genau, wohin ihr Weg sie führen wird. Das Leben der Schriftstellerin ist oft ziellos. Sie quält sich von Zeile zu Zeile ihres Textes, schreibt ein Wort, löscht zwei, schreibt einen Satz, löscht einen kompletten Absatz. Eins vor, zwei zurück. Dass am Ende ein Buch dabei herauskommt, grenzt an ein Wunder. Doch das sieht man den Büchern zum Glück nicht an.

Und es ist so verdammt still. Die Schriftstellerin vereinsamt an ihrem eigenen Schreibtisch. Statt zu schreiben, beobachtet sie die Staubteilchen, die durch das Licht tanzen und sich einen gemütlichen Platz auf ihrem Bücherregal suchen.

An manchen Tagen ist schon das Klingeln des Paketboten ein Highlight! Sie nimmt grundsätzlich alle Pakete der Nachbarschaft an und sie hat den Verdacht, dass er nur noch bei ihr klingelt. Gelegentlich gelingt es ihr, ihn in ein Gespräch zu verwickeln.

„Viel zu schleppen diesmal", so oder ähnlich beginnt sie meistens. Genau genommen hat er immer viel zu schleppen, aber irgendwie muss man ja anfangen.

Es gibt keinen Aufzug. Der Paketbote schnauft, wenn er oben bei ihr angekommen ist. Sie bietet ihm ein Glas Wasser an.

„Nein, danke. Ich muss...", stöhnt er und die Schriftstellerin weiß, dass er lieber gleich weiter möchte. Aber dann sieht er sie an und vielleicht erkennt er ihre Einsamkeit oder will es sich einfach nicht mit ihr verscherzen... Auf jeden Fall nimmt er einen Schluck Wasser an. Er erzählt von seinen Kindern und dass er selbst niemals etwas online bestellt. Danach stellt er das Glas ab, tippt an seine Wollmütze und verschwindet. Die Tür schließt sich und die Schriftstellerin ist wieder allein.

Heute klingelt kein Paketbote. Eigentlich müsste sie schreiben. Sie müsste sich an ihren Computer setzen, das aktuelle Manuskript aufrufen und schreiben. Die einfachste Sache der Welt, schließlich macht sie das seit vielen Jahren und es ist nicht ihr erstes Buch. Also los jetzt.

Sie kocht sich einen Tee. Schreiben, das ist eine Quälerei. Ein immerwährender Kampf gegen die eigene Trägheit. Doch genau aus dieser Qual heraus war bisher noch jedes ihrer Bücher entstanden. Schriftsteller müssen leiden. Das hatte sie einmal in einem Buch gelesen. Doch manchmal hilft auch alles Leiden nichts und für diesen Fall hat sie Mechanismen entwickelt. Wenn gar nichts mehr geht, muss sie raus.

Die Schriftstellerin schnappt sich Jacke und Rucksack, klemmt sich ihr neuestes Werk unter den Arm und verlässt ihre Wohnung.

Draußen hält sie das Buch fest an die Brust gedrückt, es fühlt sich warm und tröstlich an. Sie liebt Worte. Manchmal, wenn sie auf einer Lesung gefragt wird, wann diese Liebe angefangen hat, erzählt sie davon: „Lange vor dem Schreiben war das Lesen. Es ist für mich bis heute ein Wunder, dass man beim Lesen vergisst, dass man liest. 26 Buchstaben und ein paar Satzzeichen – das ist alles, was man sieht. Doch in den Köpfen der Leser entstehen Bilder, Geräusche, sogar Gerüche, nur weil sie darüber lesen. Es ist möglich, innerhalb von Minuten Welten zu erschaffen oder komplett zu zerstören, allein durch die Kraft der Worte."

Bei einer Lesung vermeidet sie es, darüber zu sprechen, wie schwer es mitunter fällt, solche Bilder zu erzeugen. Denn man kann natürlich nicht einfach irgendetwas schreiben. Es gibt Sätze, die verpuffen so schnell, dass sie sich – gerade erst geschrieben – selbst kaum daran erinnert. Das ist natürlich schlecht. So etwas kann sie nicht stehen lassen. Sie versucht mit jedem neuen Satz, jene Magie heraufzubeschwören, die sie bei mancher Lektüre so verzauberte.

Die Schriftstellerin hat als Kind Bücher allein nach ihrer Dicke ausgewählt. Je dicker, desto besser. Sie wollte so lange wie möglich „im Buch bleiben". Irgendwann während dieser intensiven Lesephase fing sie an, selbst zu schreiben. Wann diese Idee zum ersten Mal in ihrem Kopf Gestalt angenommen hat, kann sie gar nicht genau sagen, denn es geschah unbewusst, hatte sich durch die Hintertür ihrer Gedankenwelt eingeschlichen. Damals schrieb sie mit der Leichtigkeit eines Kindes, zunächst Gedichte, dann Geschichten, und sie dachte nicht im Traum daran, Schriftstellerin zu werden. Ihr Leben war so einfach gewesen.

All die Unbeschwertheit, mit der sie als Jugendliche auf einer fedrigen Traumwolke durch die Sätze schwebte, ist längst verschwunden. Immer öfter fragt sie sich, warum sie überhaupt noch schreibt.

Das Café liegt nur wenige Minuten von ihrer Wohnung entfernt und man kennt sie dort. Fabio nickt ihr zu und sie setzt sich an den Tisch in der Ecke, von dem sie den Raum gut überblicken kann. Durch das Panoramafenster kann sie nach draußen sehen.

Wie gut, dass die Sonne scheint. Wenn es regnet, ist sie immer melancholisch. Dann kann sie nur traurige Monologe aufs Papier bringen.

Die Schriftstellerin legt ihr Cafébuch direkt vor sich auf den Holztisch, packt ihr Schreibzeug aus dem Rucksack daneben. Nun kann es jeder sehen: Hier sitzt eine Schriftstellerin! Sie fühlt geradezu, wie die ersten Blicke in ihre Richtung huschen. Menschen, die schreiben, erwecken Neugierde. An guten Tagen bildet sie sich ein, einen Hauch Boheme zu versprühen, leicht und elastisch, als wäre es ein Pappenstiel für sie, ein Buch zu schreiben. Wenn sie ihre Schreibutensilien vor sich aufbaut, ist natürlich auch ein bisschen Show dabei.

„Cappuccino, wie immer?"

Sie nickt und lächelt. Dann zieht sie noch ein paar ausgedruckte Seiten ihres Manuskripts hervor, die sie immer in ihrem Rucksack dabeihat, dazu einen Rotstift und beugt sich tief über den Text. Seht her, ich arbeite, ich schreibe, denkt sie.

Der Cappuccino landet sanft vor ihren Augen auf dem Tisch.

„Mio dio, schreibst du schon wieder an einem Buch? Ich verstehe nicht, wie dir jedes Mal etwas Neues einfällt. Ich könnte das nicht."

Die Worte rinnen der Schriftstellerin heiß über den Rücken und hinterlassen einen Glücksklecks auf ihrer Seele.

„Ach Fabio, so leicht, wie es aussieht, ist es leider nicht. Diesmal fällt mir wirklich jedes Wort schwer."

„Si, si, das sagst du immer und dann...", er klopft auf das Buch, „kommt so etwas dabei heraus."

„Ist das Buch von Ihnen?", meldet sich jemand vom Nachbartisch zu Wort.

„Ja, ist es!", bestätigt Fabio und lässt die Schriftstellerin gar nicht erst zu Wort kommen. Der Kellner beginnt so begeistert von ihrer Reise zu den Cafés und von den Menschen, denen sie dabei begegnet ist, zu erzählen, als wäre er höchstpersönlich dabei gewesen. Er nimmt das Buch vom Tisch, hält es hoch und dreht sich damit einmal um die eigene Achse. Die Schriftstellerin sieht fasziniert zu. Niemand, wirklich niemand, der schreibt, würde so etwas jemals tun. Am liebsten würde sie den Italiener auf der Stelle dafür küssen.

Alle Anwesenden können ihr Werk nun bewundern und der Kellner tippt auf das Cover: „Wir sind auch drin!" Umständlich schlägt er die entsprechende Seite auf, während er das schwere Buch weiterhin hochhält. Aufgeregt presst er seinen Zeigefinger auf ein ganzseitiges Foto.

„Oh, was für ein schönes Bild!", tönt es von allen Seiten.

Natürlich das Foto, denkt die Schriftstellerin. Dass sie sich jedes einzelne Wort aus der Seele gekratzt hat, interessiert niemanden hier. Die Bilder werden bewundert und das Buch wandert wie ein Pokal von Tisch zu Tisch. Alle wollen einen Blick hineinwerfen. Immer weiter entfernt es sich vom Platz seiner Schöpferin. Sie studiert die Gesichter der Cafébuchbetrachter. Seit sie veröffentlicht, fragt sie sich, was ihre Bücher tun, wenn sie in den fremden Wohnungen angekommen sind. Einmal hat sie ihrer Freundin Antonia davon erzählt, aber die hat sie nur ausgelacht. „Ja, was glaubst du denn?", hat Antonia gerufen. „Bestenfalls werden deine Bücher auf der Couch, im Schlafzimmer oder auf der Toilette gelesen. Oder sie werden einfach ins Regal gestellt und nie wieder angeschaut. Manche werden kein einziges Mal aufgeschlagen und andere werden zu einem Teil der Familie."

Die Schriftstellerin wäre gern unsichtbar, um ihrem Buch in die Wohnungen der Leser zu folgen. Überhaupt ist das einer ihrer ganz großen Lebenswünsche: Einmal im Bus oder in der U-Bahn ungestört jemandem beim Lesen ihres Buches zusehen. Sie würde dabei auf jede kleine Regung achten und versuchen zu erraten, welche Stelle zu dem Gesichtsausdruck passen könnte. Doch bisher hat das noch nicht geklappt. Als Alternative schleicht sie sich nach jeder neuen Veröffentlichung wie eine normale Kundin in eine Buchhandlung. Dort setzt sich in die Nähe eines Tisches, auf dem die Neuerscheinungen ausgestellt sind, und wartet.

Manchmal kommt dann jemand, nimmt ihr Buch in die Hand und blättert darin. Wenn das passiert, hält sie immer die Luft an und muss sich beherrschen, um nicht hinüberzugehen und darauf hinzuweisen, dass sie dieses Buch geschrieben hat. Aber solche Momente sind zu flüchtig, zu oberflächlich. Die meisten Kunden verbringen nur wenige Sekunden mit einem Buch, bevor sie es zurück ins Regal stellen. Die Schriftstellerin aber will jemandem begegnen, der tief in ihren Texten versunken ist. Sie will diese Entrücktheit hautnah miterleben. Doch solche Wünsche erfüllen sich nicht im realen Leben. Sie wird wohl einmal eine Geschichte darüber schreiben müssen, um diesen Traum wahr werden zu lassen.

„Wo ist das denn?"

„Ach ja, das Café kenne ich..." Die Schriftstellerin schreckt auf und ist mit einem Ruck zurück in der Realität, im Café. Das Buch ist inzwischen ganz am anderen Ende des Raums angekommen. Dort haben sich einige Gäste um einen Tisch herum aufgestellt, auf dem stolz ihr Buch liegt. Die Schriftstellerin sieht aus der Entfernung zu. Alle haben sie vergessen. Sie blättern vor und zurück, heben es immer wieder in die Höhe und studieren die Rezepte, die die Cafébetreiber beigesteuert haben. Mein Buch lebt und es atmet, denkt die Schriftstellerin, doch das würde sie natürlich hier niemals laut sagen. Man würde sie wohl für verrückt erklären. Wahrscheinlich ist sie das auch ein bisschen. Ihr Buch genießt sichtlich die allgemeine Aufmerksamkeit. Dafür wurde es gemacht. Nun hat es endlich seinen großen Auftritt und es steht ihr nicht zu, dazwischenzufunken.

Sie legt das Geld für den Cappuccino auf den Tisch und zieht sich zurück, während ihr Buch im Café zurückbleibt.

Später am Abend sitzt die Schriftstellerin auf ihrem Sofa und hat ein schlechtes Gewissen. Sie hätte es doch mitnehmen sollen. Manche Autoren bezeichnen ihre Bücher als ihre Kinder und da ist viel Wahres dran. Sie hat ihr Kind zurückgelassen.

Mit dem Gefühl, eine schlechte Mutter zu sein, begibt sie sich an den Schreibtisch, öffnet eine leere Seite und beginnt zu schreiben...

Als der letzte Gast das Café verlassen hatte, merkte das Buch, dass es allein war. All die Aufmerksamkeit, all der Glanz waren verflogen. Es war still. Nur der feine Geruch von frisch gemahlenem Kaffee hing noch im Raum und erinnerte an den lebhaften Nachmittag. Immerhin, dies war kein schlechter Ort für ein Cafébuch. Es lag immer noch aufgeschlagen auf dem Tisch, um den sich noch vor Kurzem die Gäste bewundernd versammelt hatten.

„Wirklich ein großartiges Buch", hatten sie gesagt, und „das wäre ein schönes Geschenk". Es hatte sich gut angefühlt, angefasst und herumgereicht zu werden. Doch jetzt fühlte es sich doch ein bisschen einsam. Es war ja auch kein anderes Buch da.

War es Zufall, dass genau die Seite 138 aufgeschlagen war? „Alles wird gut" stand dort als Überschrift zu lesen und daran wollte das Buch glauben. Es wäre auch nicht das Schlechteste, einfach hier im Café zu bleiben. Es würde vielleicht für immer auf diesem Tisch liegen und die Gäste könnten es sich jederzeit ansehen. Dafür war es geschaffen worden, denn genau genommen war es ja ein „Coffee Table Book". Mit der Zeit würden seine Seiten zwar etwas abgegriffen sein und es hätte wohl den einen oder anderen Kaffeefleck – aber hey, das war allemal besser, als blütenrein und ungelesen irgendwo herumzustehen.

Das Buch dachte an die Schriftstellerin. Sie hatte sich große Mühe gegeben, um es mit guten, mit den richtigen Worten zu füllen. Das Buch wusste, wie schwer das war, denn an manchen Tagen schaffte sie kaum mehr als fünf Sätze, mit denen sie für den Moment zufrieden war, um sie dann am nächsten Tag doch wieder alle zu löschen. Doch Papier war geduldig und so war es irgendwann fertig geschrieben und gedruckt geworden, mit all seinen 224 vierfarbigen Seiten.

Das geliebte Buch. Erschöpft lag es da und lauschte in die außergewöhnliche Stille eines verlassenen Cafés. Das gelbe Licht der Straßenlaternen vor dem Panoramafenster leuchtete spärlich und konnte die tiefen Schatten des Gastraums nicht erreichen. Jetzt fürchtete sich das Buch ein bisschen und wäre doch gerne wieder bei der Schriftstellerin. Die konnte mit Büchern umgehen und hatte viele davon. Bücher lebten gern in Gesellschaft...

Die Schriftstellerin hält inne und starrt auf den Bildschirm. Es ist albern, aber seit sie den letzten Satz geschrieben hat, muss sie mit aller Kraft gegen den Impuls ankämpfen, sich anzuziehen und sofort zum Café zu rennen, um zu sehen, wie es ihrem Buch geht. Sie ist selbst schuld, hat sie es doch mit ihrer Phantasie zum Leben erweckt. Nun sieht sie es vor sich, wie es ängstlich im Café auf dem Tisch liegt. Bücher sind verletzlich. Was, wenn ein Feuer ausbricht?

Vielleicht sollte sie kurz vorbeischauen? Niemand würde es bemerken und gegen einen kleinen Abendspaziergang ist auch nichts einzuwenden. Es ist nur ein Buch, versucht sie sich zu beruhigen und ringt dennoch mit ihren Gefühlen. Um Fassung bemüht, wendet sie sich wieder ihrem Text zu...

Ob sie überhaupt noch an mich denkt, fragte sich das Cafébuch. Sie hatte viele Bücher geschrieben, da konnte man eins schon mal vergessen. Doch dann erinnerte es sich an den Gesichtsausdruck der Schriftstellerin, als sie das erste Mal alle frisch gedruckten Seiten behutsam durchgeblättert hatte. Das war überraschend gewesen, weil sie doch jedes Wort, jeden Satz und jedes Satzzeichen kannte! Da war nicht viel Neues dabei und trotzdem hatte sie es nachts sogar mitgenommen und auf den Nachttisch gelegt. Bevor die Schriftstellerin eingeschlafen war, hatte das Buch deutlich gespürt, wie sie mit ihrer Hand sachte über das Cover gestrichen hatte. Welch ein Wohlgefühl!

„Bücher muss man gut behandeln", hatte das Buch die Schriftstellerin einmal sagen hören, als der Paketbote da war. Sie hatte ihm erzählt, dass die Menschen das, was sie Büchern in der Vergangenheit alles angetan hatten, eh nie wieder gutmachen konnten. Man könne lediglich noch Schadenbegrenzung betreiben. Das hatte dem Buch gefallen, auch wenn es nicht ganz verstanden hatte, was damit gemeint war.

Aber nun hatte die Schriftstellerin es eben doch vergessen, nachts allein in einem leeren Café...

Die Schriftstellerin sieht auf die Uhr. Es ist spät. Jetzt noch hinauszugehen, wäre wirklich schwachsinnig. Das kann man auch nicht mehr mit einem spontanen Spaziergang rechtfertigen. Sie geht sonst nie nachts raus. Denn sie fürchtet die Nacht mit ihren Schatten. Sie ist ein Morgenmensch, da kann sie am besten schreiben. Die Nacht ist zum Schlafen da. Trotzdem lässt der Gedanke an ihr Buch sie nicht los. Verdammt. Es fühlt sich bestimmt einsam...

Immerhin ist es trocken, dachte das Buch. Bücher schätzen keine feuchte Luft und fließendes Wasser versetzt sie geradezu in Panik. Feuer ist auch nicht besser. Von beidem war hier keine Spur und so begann das Buch sich etwas zu entspannen. Doch plötzlich hörte es ein Geräusch und erschrak. Jemand kam...

Auch die Schriftstellerin fährt erschrocken zusammen. Es ist dunkel draußen und der Bildschirm wirft gleißend weißes Licht auf ihr Gesicht. Es hat an der Tür geklingelt. Sie weiß nicht, was sie tun soll. Für den Paketboten ist es zu spät und Besuch bekommt sie niemals ohne Ankündigung. Niemand will sie beim Schreiben stören. Da klingelt es erneut. Für einen Moment überlegt die Schriftstellerin, so zu tun, als sei sie nicht da. Aber ihre Wohnung ist hell erleuchtet und das kann man von draußen sehen.

„Ich komme ja", ruft sie, obwohl es keiner hören kann. Sie reißt sich zusammen: Sie wird nachsehen, wer da ist, und die Tür, wenn nötig, sofort wieder zuschlagen. Sie öffnet die Tür nur einen Spalt breit. Gerade so weit, dass niemand einen Fuß hineinstellen kann. So hat sie es in dem Ratgeber „Verbrechen schwer gemacht" gelesen. Das Licht im Treppenhaus springt an und die Schriftstellerin blickt mit angehaltenem Atem die Stufen hinab.

„Mamma mia, du hast dein Buch vergessen..."

ICH KANN JA HIER NICHT WEG

*I*ch stehe. Seit über 750 Jahren.

Man hat mir einen Steinsockel gebaut und darauf stehe ich. Ich stehe und sehe. Immer Richtung Osten. Da geht die Sonne auf. Hinter mir geht sie unter, aber das sehe ich nicht. Wenn es nach mir ginge, würde ich mich auch gern einmal umdrehen. Aber das ist nicht vorgesehen. Man hat mich hierher gekarrt und da stehe ich nun. Festgehalten von einem fast neun Meter hohen Sockel.

Heute ist mein Geburtstag, aber wen interessiert das. Mir bedeuten Zahlen nichts. Die Menschen sollten sich nicht so viele Gedanken über Zahlen machen. Da laufen sie an mir vorbei und über was sprechen sie? Über meine Oberweite! Verstehen Sie? Die Leute wollen das genaue Maß wissen. Ich halte einen Eichenkranz in der einen und ein Schwert in der anderen Hand, habe einen Löwen an meiner Seite und trage ein Bärenfell und worüber macht man sich Gedanken – über die Größe meiner Oberweite! Da würde man schon gern mal von seinem Sockel heruntersteigen.

„Haben Sie keine anderen Probleme?", möchte man da rufen und bei der Gelegenheit darauf aufmerksam machen, dass man es auch nicht sehr schätzt, wenn einem wieder einmal jemand direkt vor die Füße kotzt.

Vielleicht bin ich zu streng, aber das Oktoberfest – „die Wiesn", wie meine Münchner sagen – liegt mir noch etwas schwer in der Bronze. Die fünfte Jahreszeit in München ist gerade wieder vorbei. Dem Himmel sei Dank. Das ist mein schönstes Geburtstagsgeschenk. Glauben Sie mir, das Spektakel dürfte keinen einzigen Tag länger dauern. Ich würde es nicht aushalten. Ich würde einen Weg finden, diesen Sockel zu verlassen.

Dabei geht alles recht gesittet los. Am Anfang schau ich gern zu. Der Aufbau gefällt mir, denn da tut sich was in meinem Blickfeld. Ein Gewusel ist das, ein Hin- und Hergefahre, ein Hochgestemme und Zamgeschustere. Bei dem Gedanken verfall ich direkt ins Bairische. Sonst steh ich ja eher über den Dingen. Wussten Sie, dass ich alle Sprachen spreche und sämtliche Dialekte beherrsche? Man muss mir also nicht übersetzen, was sich da unten tut. Ich checke alles und lasse mich von der Geschäftigkeit gelegentlich sogar anstecken. Dann werde ich regelrecht euphorisch bei dem ganzen Aufwand zu meinen Füßen.

Schließlich, wenn alles fertig aufgebaut ist, die Fässer von den strammen Rössern herbeigeschafft wurden, die Bierkrüge gespült sind und bereitstehen, dann kommen sie – und sie kommen in Scharen. Dann wird es auf einmal wuselbunt und ich frage mich tagtäglich, wie die da unten zurechtkommen, auf diesem winzigen Platz, dieser kleinen Theresienwiese. Man braucht doch eine Luft zum Atmen!

Von hier oben sieht das sogar richtig gefährlich aus. Farbige Punkte, die in einem chaotischen Muster durcheinanderlaufen. Am Anfang schnell, dann werden sie langsamer. Manchmal versuche ich, einen der Punkte zu fixieren und ihm mit dem Blick zu folgen. Doch bis jetzt habe ich noch jeden früher oder später aus den Augen verloren. Es macht auch müde, dieses ewige Geschaue.

Meist dauert es nur ein paar Stunden, dann muss ich mir schon Sorgen machen. Dann liegt da einer und ich denke mir: Der atmet nicht mehr. Da rührt sich nix. Den würde ich dann gern mal mit dem Fuß anstupsen, aber mit meinen Füßen da stupst man nicht einfach so jemanden an. Den würde es ordentlich durch die Luft wirbeln und das will man ja auch nicht. Ich kann ja auch nicht weg. Also richte ich all meine Gedanken, die ich habe, ganz fest auf diesen Wurm da unten. Klein sieht er aus und irgendwie krumm liegt er da.

„He, steh auf, wenn du kannst. Sei ein Mann", denke ich, so laut ich kann, und manchmal hör ich dann ein Gewürge und das beruhigt mich. Man will ihnen ja auch nichts Böses. Bei den Frauen ist es auch nicht viel besser. Ich bin gottfroh, wenn sie einfach schlafen. Alles andere mag man wirklich nicht mit ansehen.

Was saufen sie auch so viel, wenn sie es nicht vertragen? Sie haben sogar einmal einen kleinen Finger von mir nachgegossen und daraus einen Trinkhumpen gemacht! Mich hat natürlich niemand gefragt, was ich davon halte. Ich weiß ja nicht, wie es ihnen gefallen würde, wenn ihr kleiner Finger von Mund zu Mund wandern würde. In das nachgegossene Exemplar passten gut drei Maß Bier. Das war natürlich zu viel. Sie vertragen ja nichts. Die Männer nicht und die Frauen auch nicht, auch wenn sie es immer und immer wieder versuchen. Wie viel kann man denn in so einen kleinen Menschen hineinfüllen? Das müsste man einfach nur logisch herleiten, da muss man nicht mal gut rechnen können. Ich, mit meinen 18,52 Metern, ich würde schon einiges vertragen, aber mich fragt ja niemand. Das wär was. Sie hätten mir statt diesem Kranz eine Maß Bier in die Hand drücken sollen.

Aber sie, sie vertragen das viele Bier halt gar nicht, und dann liegen sie da auf dem Hügel – dem Kotzhügel, wie sie ihn nennen.

Stimmt auch. Wenn sich dann doch mal einer bewegt, dann ist das schon etwas Besonderes.

Peter war auch so einer. Kam hinauf geeiert und hat gleich mal herumgeschrien, damit ihn jeder hört.

„Ich bin der Peter", hat er gerufen, als wenn das irgendjemanden interessiert hätte. „Ich bin der Peter."

Ja doch, habe ich gedacht, das wissen wir ja nun.

„Ich bin der Peter und..." Man würde als Bronze schon gern mal die Augen verdrehen, wenn man könnte.

„Ich bin der Peter und ich möchte dich fragen..."

Jetzt kommt's, ist es mir durch den Kopf geschossen und mir sind gleich so ein paar Sachen eingefallen, die der jetzt fragen könnte. Und während ich so denk, ist dieser Mensch mir immer nähergekommen. Dann hat er sich vor mir auf die Knie fallen lassen und seine Hände wie zum Gebet gefaltet. Dabei hat er seine glasigen Augen ganz fest auf mich gerichtet. Herrje, habe ich gedacht und es einmal mehr verflucht, dass ich so verdammt unbeweglich auf diesem Sockel stehen muss. Es ist nun mal nicht vorgesehen, dass eine Bavaria sich vom Fleck bewegt. Herrgott noch mal, wie muss es da erst der Freiheitsstatue gehen? Ihr Name, ein glatter Hohn!

„Bavaria!", hat der kleine Mensch wieder gerufen und seine gefalteten Hände in meine Richtung emporgestreckt. Ich habe all meine Sinne in die Ferne auf das Oktoberfest gerichtet. Auf das Geschunkel und Getöse, auf das Gelächter, auf die Blasmusik und den Gesang von der Gemütlichkeit. Und wieder einmal habe ich mich gefragt, wo denn die Gemütlichkeit geblieben ist. Sie muss irgendwie abhandengekommen sein, in all den Jahren, in denen ich jetzt hier schon herumstehe. Am Anfang, da gab es noch eine gewisse Gemütlichkeit, da ging's lang nicht so zu wie heute.

„Bavaria!", hat der Peter dann wieder gerufen, diesmal laut und trotzig wie ein kleines Kind. Da haben sogar ein paar Bierdimpfel kurz ihren Kopf gehoben und in seine Richtung geschaut.

„Bavaria, hör mir doch zu!"

Bleibt mir etwas anderes übrig?, wollte ich ihm am liebsten antworten.

„Bavaria, ich habe ein Problem!"

Nicht nur eins, hätte ich ihm gern entgegengerufen.

„Verdammt noch mal, Bavaria!"

„Jetzt red halt, du Depp", hat da einer von rechts außen gerufen, der mir bisher noch gar nicht besonders aufgefallen war. Sie sehen irgendwie doch alle gleich aus, aus dieser Höhe.

„Baaavaria, ich frage dich..."

Da hat einer einen Schuh geworfen, Peter aber weiträumig verfehlt. Die Treffsicherheit lässt in diesem Stadium des Alkoholkonsums doch erheblich nach.

„Ich frage dich, meine Bavaria..."

Jetzt wird der mir doch nicht etwa einen Heiratsantrag machen? Immerhin hat das Oktoberfest mit einer Hochzeitsfeier angefangen. Aber es wäre einfach nur lächerlich, mir einen Antrag machen zu wollen. Jeder weiß, ich bin mit Herz, Seele und meinen 87 Tonnen allein mit München verheiratet. Da geht gar nichts, mein lieber, kleiner Peter.

„Bavaria, ich flehe dich an. Ich brauche..."

Ja, jetzt hat er mich doch neugierig gemacht. „Kein Bier mehr", würd ich sagen. Inzwischen war ich schon etwas milde gestimmt, weil er mir so leidgetan hat, der Peter. Er war ja anscheinend nicht von hier.

Jetzt ist er vornübergekippt, hat die Hände auf den Boden gelegt und die Erde geküsst, auf der ich stehe. Den Kotzhügel.

Plötzlich hat sich etwas in mein Sichtfeld geschoben. Eine Frau ist mit energischen Schritten den Hügel hinaufgekommen, direkt auf Peter zu, und hat ihn auf die Füße gezerrt. Gut so.

„Komm Peter, du hast genug. Wir gehen."

Aha, Peter ist also vergeben. Dann wollte er mir doch keinen Heiratsantrag machen. Peter, ganz willenlos, hat alles mit sich geschehen lassen. Niemand kann der geballten Stärke einer Frau widerstehen.

„Was wolltest du denn hier?", habe ich seine Begleiterin, die im Gegensatz zu ihm noch recht nüchtern schien, fragen hören. Während sie ihn den Hügel hinuntergeschleift hat, habe ich die Ohren gespitzt.

„Ich wollt die Bavaria um Hilfe bitten."

Aha, habe ich mir gedacht, und dass ich schon gern wüsste, was er genau gewollt hat. Da ist mir das Frauenzimmer zur Hilfe gekommen.

„Das ist eine Bronzestatue, was willst du denn von der?"

Ihre Worte trafen mich – als wäre man als Bronze zu keinen Gefühlen fähig. Sie täuscht sich gewaltig.

Die beiden waren inzwischen schon ziemlich weit weg und ich hab mich anstrengen müssen, um noch etwas von ihrem Gespräch zu verstehen. Doch einen letzten Fetzen konnte ich noch aufschnappen, bevor sie mit der biertrunkenen Menge verschmolzen sind: „Ich wollte sie doch nur fragen, ob sie noch eine Maß für mich hat."

Da wurde ich von einer Welle gottgleichen Gleichmuts erfasst. Wenn ich gekonnt hätte, hätte ich laut aufgelacht.

Diese winzigen Menschen mit ihren kleinen Sorgen. Was machen sie nur? Man kann ihnen nicht helfen, denn sie selbst sind ja ihr größtes Problem. Ich habe sogar davon gehört, dass sie dem Aloisius im Hofbräuzelt Büstenhalter hinaufwerfen. Der Arme soll gelegentlich über und über behängt sein. Meine Güte! Ich bin gottfroh, dass ich von hier aus nicht alles mitansehen muss. Büstenhalter! Würde ich meinen hinaufwerfen, würde es den Aloisius vielleicht von seinem Himmelszelt herunterreißen.

Jetzt verrate ich es doch: Ich trage Körbchengröße ZZZZ. Aber niemals käme mir so etwas in den Sinn. Das macht nur der Mensch in seinem elendigen Rausch, wenn er alle Hemmungen fallen lässt. Aber es gibt noch viele andere solche Geschichten. Im vorletzten Jahr ist mal eins von diesen Menschlein auf ein Bierzeltdach geklettert und ist dann natürlich nicht mehr heruntergekommen. Schließlich musste die Feuerwehr anrücken, um es zu retten. Ach, das Blaulicht war von hier aus herrlich anzusehen.

Heute ist der 9. Oktober, mein Geburtstag, und sie bauen ihr Fest gerade wieder ab, bis zum nächsten Jahr. Ich genieße die Ruhe, auch wenn gelegentlich jemand durch meinen Körper hindurch in meinen Kopf kraxelt und versucht, durch meine Augen zu sehen.

Während sie ihren Blick über die Theresienwiese schweifen lassen, ahnen sie nicht, wie gern ich meine Augen an manchen Tagen verschließen würde. Herrschaftszeiten, einfach mal Reißaus nehmen und die Freiheitsstatue besuchen.

Aber ich kann ja hier nicht weg.

VERFAHREN

A nton Mayr kannte seine Strecke. Er konnte sie im Schlaf aufsagen: Max-Weber-Platz – Wörthstraße – Rosenheimer Platz – Regerplatz – Ostfriedhof – Silberhornstraße – Tegernseer Landstraße – Wettersteinplatz – Kurzstraße – Südtiroler Straße – Tiroler Platz – Authariplatz – Theodolindenplatz – Klinikum Harlaching – Menterschwaige – Großhesseloher Brücke – Schilcherweg – Grünwald. Für seine Freunde war er der „Prototyp eines Trambahnfahrers", was ihm schmeichelte. Und Veronika behauptete immer: „Ach Toni, unser Leben läuft doch eh wie auf Schienen."

Er hatte nie so richtig herausgebracht, ob sie das jetzt gut fand oder eher nicht. Aber nachfragen, das wollte er auch nicht. Immerhin konnte sie sich alle vier Wochen diesen hippen Friseur im Gärtnerplatzviertel leisten. Wenn Veronika dann zurückkam, waren ihre Haare wieder von einem tiefen Schokobraun. Wenn er an einem Haltepunkt etwas länger warten musste, dachte er manchmal über die Haarfarbe seiner Frau nach. Eigentlich kannte er sie gar nicht anders. Von den ersten grauen Strähnen, von denen sie gelegentlich sprach, hatte er noch nie eine gesehen. Kein Wunder. In der letzten Zeit wurden die Abstände zwischen ihren Farbauffrischungen immer kürzer.

„Ja, gehst du schon wieder?", hatte er sie einmal gefragt.

„Natürlich geh' ich", hatte sie geantwortet und war ganz nahe an ihn herangekommen. „Hier schau, am Ansatz, da sieht man es genau."

Von da an hatte er den Fahrgästen in seiner Tram ein wenig mehr auf die Köpfe geschaut, vor allem den Frauen. Viele schienen nicht so genau darauf zu achten, ob da jetzt ein Ansatz zu sehen war.

Theodolindenplatz – Klinikum Harlaching – Menterschwaige – Großhesseloher Brücke – Schilcherweg – Grünwald. Für heute hatte Toni seine Tour beendet und machte sich auf den Weg nach Hause. Als er die Haustür aufschloss, umwehte ihn zarter Kokosduft. „Ich bin da!", rief er in den Flur hinein und schloss die Tür hinter sich.

Veronika eilte herbei. „Schon? Du bist heute aber früh dran." Das war natürlich Blödsinn, schließlich kannte sie seinen Fahrplan. Die Haare seiner Frau glänzten wieder in einem frischen Schokobraun.

Sie ging voraus in die Küche und schaltete die Kaffee-maschine ein. Toni folgte ihr. Es war ihr tägliches Ritual, dass sie sich nach Feierabend zusammen an den Küchentisch setz-ten und gemeinsam eine Tasse Kaffee tranken.

„Was ist denn?", fragte Veronika, weil sie seinen Blick nicht deuten konnte.

„Ich hab nichts gesagt", meinte der Toni und nippte an seinem Kaffee.

„Hattest du einen anstrengenden Tag?", wollte Veronika wis-sen.

„Nicht anstrengender als sonst."

„Gut, dann mach ich uns jetzt was zum Essen." Seine Frau stand auf, holte Kartoffeln aus dem Tontopf und begann sie von der Schale zu befreien.

„Sag mal Veronika, wenn du da bist, bei deinem Friseur, meine ich. Was machst du denn da genau?"

Seine Frau schälte weiter, drehte sich nicht um. „Na, ich lass mir von Torben die Haare machen, was sonst."

Toni trank einen Schluck Kaffee. „Bitte, versteh' mich nicht falsch. Ich war ja noch nie bei so einem modernen Friseur ..."

Jetzt wandte sich Veronika doch ihrem Mann zu und als ihr Blick ihn traf, fühlte sich seine Wirbelsäule plötzlich an, als wäre sie mit Raureif überzogen. So hatte sie ihn noch niemals zuvor angesehen. Da lag etwas Heimliches in ihren Augen, etwas ganz Schlimmes. Plötzlich war er sich sicher: Seine Frau betrog ihn mit diesem Torben. Deshalb machte sie sich in der letzten Zeit auch immer so chic, wenn sie zum Friseur ging.

„Mei, ganz normal halt. Ich komm' hin und wir sprechen kurz über den Schnitt und dann werden meine Haare gewaschen. Es gibt eine Kopfmassage und danach werden sie frisch getönt in Schokobraun. Aber das weißt du doch."

Toni nickte wissend und sagte nichts weiter.

Am nächsten Morgen war er dann wie gewohnt unterwegs auf seinen Schienen vom Max-Weber-Platz in Richtung Grünwald und wieder retour, aber der Ausdruck in den Augen von der Veronika, der klebte in seinen Gedanken fest, den konnte er nicht loswerden. Er war immer davon ausgegangen, dass sie einander treu waren. Aber jetzt war er sich nicht mehr so sicher. Dieser Blick, der war dermaßen verstörend gewesen.

Als er an diesem Tag seinen Dienst beendet hatte, fuhr er nicht wie gewohnt nach Hause. Sein Weg führte ins Gärtnerplatzviertel. Er hatte Zeit. Veronika wollte ihre Mutter besuchen und dort übernachten. Niemand wartete auf ihn.

Toni betrat den Laden und wunderte sich, dass Veronika sich hier wohlfühlte. Denn von der Gemütlichkeit, die sie zu Hause so schätzte, war hier gar nichts zu spüren. Die karge Dekoration bestand vorwiegend aus gebürstetem Metall und die schweren Spiegel wurden von kantigen, dunklen Rahmen an Ketten gehalten, die von der Decke herabhingen. Hier und da standen außerirdische Gestalten aus Metallgeflecht herum. Kaum hatte er sich an den Anblick gewöhnt, da eilte auch schon ein Hairstylist auf ihn zu.

„Guten Abend, was kann ich für Sie tun?"

Einen Augenblick lang fehlten dem Toni die Worte, doch dann konzentrierte er sich und ratterte sein Anliegen herunter: „Also, einmal Haare schneiden bitte, das ganze Programm."

„Das ganze Programm?", fragte der Friseurmeister, der sich als besagter Torben vorstellte.

Toni zuckte zusammen. Das war er also.

„Ja, alles, was dazugehört", betonte er und musterte den Friseur genau.

„Also schneiden, waschen und föhnen."

Toni nickte. Der Friseur trat näher und griff in Tonis Haare. „Und ein bisschen Glanz könnte auch nicht schaden."

„Sicher", bestätigte Toni, „und eine Kopfmassage will ich auch."

Der Hairstylist lächelte. „Das gehört bei uns zum Service dazu. Sie haben Glück: Gerade hat ein Kunde abgesagt, also wenn Sie wollen, können Sie gleich dableiben."

Davon war der Toni eigentlich ausgegangen, aber das verriet er nicht, denn jetzt erinnerte er sich daran, dass Veronika immer einen Termin vereinbarte.

Mit einer geschmeidigen Armbewegung führte Torben Toni direkt zu einem der Raumschiff-Enterprise-Stühle. Der Mann war, im Gegensatz zu Toni, lang und dünn und hatte weißblonde, aufgestellte Haare. Er war ganz in schwarz gekleidet, der Reißverschluss an seinem Lederhemd stand ein paar Zentimeter offen. So etwas kannte Toni noch aus den Achtzigern.

Es war ihm unbegreiflich, warum dieser Mann auf seine Veronika so einen Eindruck gemacht hatte. Eigentlich war das gar nicht ihr Geschmack. Doch vielleicht gab es hier ja noch andere Männer. Torben trat nun hinter ihn und ihre Blicke begegneten sich im Spiegel.

„Also, dann fangen wir mal an."

„Richtig", sagte Toni. „Aber nicht zu kurz."

Torben besah sich Länge und Haarstruktur und fragte: „Wann waren Sie das letzte Mal beim Schneiden?"

„Ist noch nicht so lange her", war die knappe Antwort.

„Gut, ich würde die Seiten in jedem Fall etwas kürzen, oben lassen wir die Länge und hinten stufe ich leicht durch. In Ordnung?".

„Passt."

„Alles klar, dann gehen wir zum Waschbecken."

Toni folgte Torben zu einem der schwarzen Becken, die er bisher nur in Weiß kannte, und setzte sich. Der Stylist begann mit der Haarwäsche und ein wohlbekannter Kokosduft stieg Toni in die Nase.

„Gibt es hier eigentlich noch mehr Männer?", fragte Toni möglichst beiläufig.

Torben hielt inne. „Nein, ich bin der Einzige. Ich bin der Chef und meine Mitarbeiterinnen sind alles Frauen."

„Aha", grunzte Toni und begann nun ernsthaft darüber nachzudenken, was die Veronika wohl an dem Typen fand.

Falls Torben Tonis schroffe Antwort aufgefallen war, so ließ er es sich nicht anmerken. Er arbeitete sich systematisch durch die Haarpracht seines Kunden. Und Toni musste zugeben, er genoss das erste Mal in seinem Leben, dass ihm jemand die Haare wusch. Sowas machte nicht einmal die Veronika. Sie schrubbte ihm nur gelegentlich den Rücken. Aber das hier war etwas ganz anderes. Er spürte den leichten Druck der Fingerspitzen, der sich im Laufe der Massage verstärkte und sich von der Mitte des Kopfes über die Stirn bis hin zu den Schläfen und wieder zurück ausbreitete. Ein ähnlich verheißungsvolles Gefühl kannte er nur, wenn er am Wochenende eine Flasche Augustiner aufmachte. Fast genauso. Toni spürte ein unbeschreibliches Kribbeln. Ohne es zu merken, hatte er die Augen geschlossen.

„Gut so?", fragte Torben und er nickte.

Eine Weile schwiegen sie vor sich hin.

„Wünschen Sie auch eine Körpermassage?"

Erst dachte Toni, er hätte sich verhört, denn die wohlige Kopfmassage hatte ihn jetzt doch ein bisschen schläfrig gemacht. Aber dann fragte Torben erneut: „Ich gebe jetzt noch eine Pflege drauf. Darf ich Ihnen zur weiteren Entspannung eine Körpermassage anbieten?"

Toni blinzelte und sah Torben fragend an.

„Sie können die Augen dabei gerne schließen", bemerkte Torben.

Toni wusste wirklich nicht, was er dazu sagen sollte. Hatte ihm dieser Haarspezialist gerade ein unmoralisches Angebot gemacht? War es vielleicht so auch seiner Veronika gegangen? Mangels Worte brummte Toni und Torben lachte.

„Ich wecke Sie auch auf, wenn Sie einschlafen. Ich verspreche es."

Damit schien Tonis Schicksal besiegelt und er machte sich auf alles gefasst. Er hätte es sich ja denken können, die Ausstattung des Ladens sprach für sich. Doch für ihn gab es kein Zurück mehr, er wollte alles genauso erleben wie seine Veronika. Denn er wusste, nun war er ganz nahe dran, ihr Geheimnis zu lüften. Angespannt spürte er, wie ihm Torben ein warmes Tuch auf die Augen drückte.

„Gut so?"

Toni nickte.

„Okay, dann wollen wir mal."

Toni hielt den Atem an, als der Stuhl unter ihm sich sanft in eine Liegeposition verschob. Seine Muskeln verkrampften sich. Von Entspannung war er jetzt so weit entfernt wie der Ostfriedhof von Grünwald.

Es ruckelte.

„Achtung, jetzt geht es los!", flötete Torben.

„Aha", dachte Toni und hielt die Körperspannung, als würde sein Leben davon abhängen.

Und dann tat sich etwas. Sein Stuhl entwickelte ein seltsames Eigenleben und Toni spürte, wie sich unter seinem Gesäß und Rücken mehrere Walzen in Bewegung setzten. Fast hätte er laut aufgelacht.

„Ein Massagestuhl", brüllte er durch den Laden.

„Traumhaft, nicht wahr?", antwortete Torben, der sich offenbar inzwischen etwas entfernt hatte. „Genießen Sie es. Ich bin gleich wieder bei Ihnen."

Und Toni genoss es wirklich. Das warme Tuch auf den Augen und die magischen Massagerollen des Stuhls, die vom Nacken hinab bis zu den Waden wanderten und ihn so herrlich durchwalkten. Das tat nach dem langen Sitzen in der Tram einfach unbeschreiblich gut. Schließlich kehrte Torben zurück, stellte die Massagefunktion des Stuhls ab und wusch Toni die Pflegekur aus den Haaren. Dann schlang er geschickt ein Handtuch um den Kopf seines neuen Kunden und führte ihn zum Schneideplatz zurück. Toni fühlte sich leichtfüßig und beschwingt. Kaum saß er, begann Torben mit dem Schnitt.

In der konzentrierten Stille war Toni nach Reden zumute. „Sie kennen meine Frau."

Torben sah auf. „Ach ja? Wie heißt sie denn?"

„Veronika. Veronika Mayr."

Der Stylist hielt überrascht inne. „Die Vroni! Das ist Ihre Frau?"

„Jawohl."

Toni verkniff sich ein Zusammenzucken. Ihm war neu, dass Veronika von jemandem „Vroni" genannt wurde.

„Ach, dann hat sie Sie hergeschickt?"

Eine Antwort blieb Toni schuldig, stattdessen beobachtete er im Spiegel, wie er sich veränderte. Als er den Salon später verließ, fühlte er sich mindestens fünf Jahre jünger und das sauteure Kokosshampoo hatte er auch gekauft.

An diesem Abend schleppte er, als er heimkam, selbst eine gehörige Portion Kokosduft mit in die Wohnung. Wie gut, dass die Veronika noch nicht da war. Die würde sich morgen schön wundern!

Nächster Halt: Wörthstraße.

Toni konnte sich kaum konzentrieren. Seitdem er heute Morgen das Haus verlassen hatte, hatte ihn eine innere Unruhe erfasst. Das lag nicht nur an seinem heutigen Hochzeitstag, sondern auch daran, dass er sich das Gesicht von der Veronika vorstellte, wenn sie ihn mit der neuen Frisur sah. Außerdem würde er ihr das teure Kokosshampoo schenken und dazu einen Gutschein für eine ausgiebige Kopfmassage. Toni hatte sich genau eingeprägt, wie Torben das gemacht hatte.

– Rosenheimer Platz –

Tonis Handfläche klebte am Sollwertgeber, mit dem er die Tram steuerte. Vor lauter Vorfreude schwitzten seine Hände mehr als sonst und seine Gedanken kreisten unablässig um den Moment, an dem er Veronika später gegenüberstehen würde. Ihr Zug käme um 17.25 Uhr an und er wollte sie am Bahnhof abholen. Dafür hatte er sogar mit einem Kollegen seine Schicht getauscht, sodass er etwas früher Schluss machen konnte.

– Regerplatz –

Toni schaute in den Spiegel. Die würde Augen machen. Torben hatte ihm sogar ein paar Strähnen dunkler gefärbt.

„Sie wirken um Jahre jünger", hatte der Haarspezialist gesagt und Toni hatte seinem Spiegelbild anerkennend zugenickt. Er konnte es kaum erwarten, endlich Feierabend zu machen.

– Ostfriedhof –

Veronika und er das gehörte einfach zusammen. Wenn sie wollte, würde er sie sogar „Vroni" nennen. Er machte sich Vorwürfe, dass ihre Beziehung sich über die Jahre so abgenutzt hatte, und er schämte sich, dass seine Frau offenbar mehr Erfüllung in einem Friseurbesuch als in seinen Armen fand. Er hätte ihr mehr Beachtung schenken müssen.

„Die Frauen brauchen unsere ständige Aufmerksamkeit", das hatte sein Vater stets betont. Der war ein Kavalier der alten Schule gewesen und regelmäßiger Kunde im Blumenladen und im Pralinengeschäft.

Und Toni, der erinnerte sich nicht mal mehr daran, wann er seiner Frau das letzte Mal Blumen mitgebracht hatte. Am Bahnhof könnte er noch welche kaufen. Rote Rosen.

Ab heute würde sich ihr Leben ändern. Toni freute sich auf die Überraschung und auf Veronikas Lächeln, wenn er sie später abholen würde. Er würde die Blumen und sein Geschenk überreichen und dann könnten sie in ein Restaurant gehen, bevor er ihr zu Hause den Kopf massieren würde. Veronika sollte entscheiden. Ihm war alles recht. Sie würde staunen.

– St.-Martins-Platz –

Toni erschrak derartig, dass er einen mordsmäßigen innerlichen Ruck verspürte. Hier stimmte etwas nicht, hier stimmte etwas ganz gewaltig nicht! Nach dem Ostfriedhof folgt doch die Silberhornstraße, dann Tegernseer Landstraße – und danach... Jetzt erst nahm Toni wahr, dass seine Fahrgäste verwundert aus dem Fenster sahen und miteinander tuschelten. Er hatte sich verfahren!

Toni begann fieberhaft zu überlegen. Die Weiche am Ost-friedhof musste falsch gestellt gewesen sein und so war er links in Richtung Schwanseestraße abgebogen – und er hatte es nicht gemerkt. Dass ihm so etwas passierte! Jetzt schwitzte er nicht mehr nur an den Handflächen, sondern aus allen Poren. In seiner Panik machte er auch noch einen folgenschweren Fehler als er die Haltestelle St.-Martins-Platz ignorierte und weiterfuhr. Hier hätte er wenden können! Toni wusste nicht, was er machen sollte. Vielleicht schnell bis zur Schwansee-straße fahren und dann umkehren? Die Stimmen seiner Fahr-gäste wurden lauter. Einige klopften gegen das Plastik seiner Fahrerkabine und baten ihn anzuhalten. Aber das konnte er nicht so einfach. Wenn er jetzt anhielt, dann würde das ein Riesen-Geschiss geben und viel zu viel Zeit kosten. Man konnte so eine Tram ja nicht einfach vom Gleis heben. Toni dachte nach, was zu tun sei. Dann räusperte er sich und sprach ins Mikrofon: „Sehr verehrte Fahrgäste, es gab offensichtlich ein Problem mit der Weichenstellung. Ich halte an geeigneter Stelle."

Großes Murren aus dem Fahrgastraum, aber die meisten nahmen Platz und beruhigten sich.

Werinherstraße – er fuhr weiter. Wieder waren die Fahrgäste wenig begeistert. Aber Toni hatte inzwischen einen Plan. Er würde zügig und ohne Halt bis zur Endhaltestelle Schwansee-straße durchfahren, dort konnte er wenden und zum Ostfried-hof zurückkehren. Bis dahin würden die Weichen an der Stelle schon wieder richtig gestellt sein und er könnte Veronika viel-leicht doch noch rechtzeitig abholen. Das war natürlich ganz und gar nicht nach Vorschrift, aber man musste Prioritäten setzen.

Er spürte den vertrauten Hebel unter seinen Händen und wusste, allein mit dem kleinen Finger konnte er die tonnen-schwere Trambahn bewegen. „Immer den Schienen nach", hatte sein Fahrlehrer früher immer gesagt. „Wenn du dich daran hältst, dann kann nichts schiefgehen." Und so machte es der Toni, er folgte den Schienen, die vor ihm aus dem Boden wuchsen. Inzwischen war auch die Leitstelle in einige Aufregung versetzt, aber Toni versicherte, dass er alles im Griff habe. Sie sollten sich um die Weichen kümmern. Schon schnurrte er um die Kurve und befand sich auf dem Rückweg Richtung Ostfriedhof.

„Verehrte Fahrgäste, ich entschuldige mich für diesen unplanmäßigen Ausflug. Wie Sie sehen, befinden wir uns bereits wieder auf dem richtigen Weg."

Vor allem die Männer motzten natürlich herum, aber es gab auch ein paar Fahrgäste, die klatschten. Die Kinder strahlten und quietschten begeistert vor Vergnügen an jeder Haltestelle, an der er mit mindestens 40 Stundenkilometern vorüberzischte.

Als Toni seine abenteuerliche Fahrt schließlich beendet hatte, war er zwar spät dran, aber er schaffte es gerade noch rechtzeitig zum Bahnhof, wo er Veronika mit seiner neuen Frisur – wenn auch ohne Blumen – überraschte.

GLÜCK IST RELATIV

*W*enn Sie das Wesen des Glücks verstehen wollen...", Angelo drehte sich um die eigene Achse und bedachte jeden Einzelnen der sieben Teilnehmer mit einem durchdringenden Blick, bevor er mit leiser Stimme fortfuhr, „dann müssen Sie wissen, dass es ganz beträchtlich von Ihnen selbst abhängt, ob und wie glücklich Sie sind."

Einige lachten, was Angelo mit einem entschiedenen Kopfschütteln quittierte. „Lachen Sie nicht, meine Herrschaften, lachen Sie nicht. Ich meine das vollkommen ernst. Kommen Sie, ich möchte Ihnen etwas zeigen."

Er führte sie weiter, bis sie vor einem der bronzenen Residenzlöwen zum Stehen kamen. Die Teilnehmer der Glückstour stellten sich in einem Halbkreis um Angelo auf. „Sehen Sie hier, das ist ein ganz typisches Beispiel. Fast jeder, der hier vorbeikommt, reibt seine Hand kurz an der Löwenschnauze auf diesem Schild."

„Das soll ja auch Glück bringen!", rief der ältere Herr, der sich Angelo als „Gerhard" vorgestellt hatte. Während der gesamten Tour war er vorne mitgegangen und hatte Angelo viele Fragen gestellt. Einer von dieser Sorte war immer dabei.

„Richtig", antwortete Angelo. „Also gut, dann sollten Sie das auch machen. Schließlich befinden Sie sich auf einer Glückstour durch München!"

Pflichtschuldig trat nun jeder vor. Gerhard natürlich als Erster, dann die Zwillinge Lise und Lotte, beide wohl Mitte fünfzig, Petra und Hanno aus dem Münchner Umland, die stille Mila und zum Schluss Matteo, der noch nicht lange in der bayerischen Landeshauptstadt wohnte. Alle rieben mehr oder weniger bedächtig die glänzenden Löwenmäuler, so wie es an diesem Tag vermutlich schon viele Münchner und Touristen vor ihnen getan hatten. Jeder Reiseführer gab zumindest einen kleinen Hinweis auf die beiden Glückslöwen am Eingang der Münchner Residenz.

„Und?", Angelo blickte in die Runde. „Können Sie schon fühlen, wie das herrliche Glück sich vom Kopf bis zu den Fußspitzen in Ihrem Körper ausbreitet?" Er strich mit beiden Händen an seinen Hüften entlang nach unten. „Hach! Wunderbar so ein Glücksgefühl."

Matteo lachte amüsiert auf. „Ich weiß nicht, ob man Glück so einfach fühlen kann."

„Also mir ist schon ein bisschen warm geworden", gab Lise zu bedenken.

„Das ist sehr gut", rief Angelo. „Man sollte sich schon ein wenig empfänglich zeigen für das Glück. Schließlich handelt es sich hier um einen ausgewiesenen Münchner Glücksort!"

Und dann erzählte er die Geschichte von dem jungen Studenten, der 1848 eine Schmähschrift gegen Lola Montez, die Geliebte König Ludwigs I., verfasst hatte.

„Der arme Kerl wurde geschnappt und vor den König gebracht. Ihm schwante natürlich nichts Gutes. Doch es geschah ein Wunder: Ludwig I. begnadigte ihn, zahlte ihm sogar noch das auf ihn ausgesetzte Kopfgeld aus und der Student durfte unbehelligt seiner Wege gehen."

Für den Schluss der Geschichte stützte sich Angelo mit einer Hand auf einer der blanken Löwenschnauzen ab und erfreute sich an der erwartungsvollen Spannung, die sich in den Gesichtern seiner Teilnehmer abzeichnete. Niemand sagte ein Wort und Angelo genoss diesen Moment der Ruhe, bevor er weitersprach. „Erleichtert und glücklich soll der Student sich hier vor den Augen der Passanten – so wie ich jetzt – abgestützt haben. Von dem Tag an taten es ihm die Münchner gleich und erhofften sich dadurch ebenfalls Glück und Wohlstand zu erlangen."

Angelo strahlte in die Runde. „Also meine verehrten Herrschaften, wenn Sie wollen, dürfen Sie gerne noch einmal." Mit diesen Worten trat er beiseite und ließ seine Gäste erneut das Glücksgefühl genießen. Mila überraschte ihn, als sie einen Handstand vollführte und die Löwenschnauze mit der Fußspitze berührte. „Ich wollte mal eine andere Perspektive einnehmen", sagte sie und schwang sich zurück auf die Füße.

„Eine gute Idee", fand Angelo.

„Also mir tut's auf jeden Fall gut", sagte Lotte und ließ ihre Hand einen Moment auf dem Löwenmaul liegen. „Es ist doch schön zu wissen, dass so viele hier das Glück suchen."

Gerhard schnaubte. „So ein Unsinn."

Petra und Hanno schienen ebenfalls mehr amüsiert als überzeugt, ließen sich den Spaß aber nicht nehmen.

„Und jetzt noch mal meine Frage: Spüren Sie das Glück?"

Diesmal stimmten alle zu, ob nun aus Überzeugung oder um ihm eine Freude zu machen, und Angelo klatschte begeistert in die Hände.

„Damit, meine verehrten Glücksfinder, haben Sie meine These vollumfänglich bestätigt!" Seine Augen funkelten vergnügt, bevor er fortfuhr. „Jeder von uns ist ganz maßgeblich selbst für sein Glücksgefühl verantwortlich."

„Warum denn das?", wagte Mila zu fragen.

„Weil...", Angelo machte eine bedeutungsvolle Pause, „weil es sich bei diesen Löwen lediglich um sehr gut gemachte Repliken handelt!"

„Hab ich's dir nicht gesagt", raunte Hanno seiner Frau zu.

„Die echten Löwen befinden sich in der Residenz, auch, um sie vor weiteren Glückssuchern wie uns zu schützen. Wenn man also davon ausgeht, dass – wenn überhaupt – nur die Originallöwen Glück bringen, dann haben Sie alle Ihr Glücksgefühl soeben aus eigener Kraft erschaffen."

„Genau, Sie haben recht", bestätigte Matteo. „Man kann das Glück nur in seinem Inneren finden."

„Aber da finde ich mich ja gar nicht zurecht. Da suche ich ewig…", kicherte Lise.

Die Gruppe setzte sich erneut in Bewegung und Mila verblüffte alle, als sie mit einigen Flickflacks über den Odeonsplatz turnte. Kurz darauf entbrannte eine Diskussion darüber, was jeden von ihnen eigentlich glücklich machte. Bei Matteo war es die Gesellschaft von Menschen, bei Lise und Lotte frisches Brot aus der Bäckerei, Gerhard liebte es, wenn er sein Wissen vermehren konnte und Petra und Hanno waren überglücklich, wenn sie ihre große Familie, die über die ganze Welt verstreut war, zu Hause zum gemeinsamen Essen versammeln konnten. Schnell waren sich die Teilnehmer einig, dass Glück für jeden etwas anderes bedeuten konnte und dass es oft die kleinen Momente des Alltags waren, die einen glücklich machten.

Ausgelassen marschierte die Gruppe zusammen mit ihrem Glückslotsen Angelo die Residenzstraße und Dienerstraße entlang, bis sie am Marienplatz ankam. Hier war viel los und im Gedränge der Menschen war kein Glückszeichen zu entdecken. Doch Angelo deutete nach oben auf ein großes Mosaik an einer terrakottafarbenen Hauswand.

„Auf diesen Herrn, den heiligen Onuphrius, sollten Glückssuchende immer einen Blick werfen, wenn sie hier vorbeikommen. Nehmen Sie sich unbedingt die Zeit, meine Herrschaften.

Denn man sagt, wer ihn ansieht, wird an diesem Tag keines jähen Todes sterben."

„Wer glaubt denn an so was?", nuschelte Hanno. Seine Frau Petra knuffte ihn in die Seite.

Lise und Lotte überlegten laut, ob es sich einrichten ließe, jeden Tag vorbeizukommen.

„Also ich finde, er sieht ein bisschen dümmlich aus, dafür dass er Glück bringen soll, aber ich werde ihn sicherheitshalber mal fotografieren. Vielleicht sterbe ich dann niemals eines jähen Todes." Gerhard zog sein Handy aus der Tasche. „Quasi Glück zum Mitnehmen."

„Keine schlechte Idee! Und damit sind wir wieder..." Angelo brach mitten im Satz ab, denn ein Mann auf einem Elektroroller hatte sich aus der Menschenmenge gelöst und kam direkt auf ihn zugerast. Der E-Scooter-Fahrer erwischte ihn mit voller Wucht, riss ihn von den Beinen und verschwand gleich darauf wieder im Getümmel.

„Meine Güte!", schrie Petra dem Mann hinterher, wandte sich dann aber schnell ihrem Stadtführer zu und half ihm auf die Füße. „Haben Sie sich verletzt?"

Angelo schüttelte den Kopf. „Nein, alles in Ordnung, danke. Ich lebe noch. Danke, Onuphrius!" Angelo klopfte sich den Staub von der Jacke. Für einen winzigen Moment schien seine Stimmung ein wenig getrübt zu sein und alle hielten den Atem an. Doch dann hatte Angelo seine gute Laune schon wiedergefunden. „Halten wir uns nicht unnötig auf, denn einen Glücksort habe ich noch für Sie."

„Die Dinger gehören verboten", empörte sich Gerhard.

„Oder man lernt, damit zu fahren", entgegnete Matteo.

„So oder so dürften die hier in der Fußgängerzone gar nicht fahren", wandte Hanno ein.

„Bitte meine Herrschaften, nun lassen wir uns die Tour doch nicht verderben. Vergessen Sie nicht, Fortuna stand mir zur

Seite und mir ist nichts passiert. Jetzt möchte ich Sie alle etwas fragen – und bitte antworten Sie, ohne zu überlegen: Was ist das größte Glück?"

„Die Liebe!"

„Richtig! Und die besuchen wir jetzt. Es ist auch nicht weit." Es waren tatsächlich nur wenige Schritte, bis sie vor einer Bronzeskulptur Halt machten.

„Meine verehrten Damen und Herren, darf ich vorstellen: Julia Capulet."

Matteo ließ sich sofort auf die Knie fallen. „Sie ist es, meine Schönste, meine Liebste! Wenn sie's nur wüsste, dass sie's ist! Oh, sprich, mein holder Engel!"

„Normalerweise steht die doch in Verona", unterbrach Gerhard Matteos Monolog.

„Stimmt, diese Replik ist ein Geschenk von Münchens Partnerstadt Verona aus den siebziger Jahren. Die echte Julia steht in Verona in der Casa di Giulietta."

„Ja, gibt es denn eigentlich nur Kopien in dieser Stadt?", fragte Lotte.

„Dafür, dass die Statue noch gar nicht so alt ist, sieht sie aber ganz schön ramponiert aus", befand Mila und schwang sich zu Julias Füßen in eine Brücke. „Müssen die ihr denn andauernd an die Brust fassen?"

„Das soll Glück in der Liebe bringen", erklärte Angelo. „In Verona machen sie das auch. Allerdings nicht so einseitig wie hier, weil die Italiener offenbar beide Brüste als Glücksbringer akzeptieren. Der Abrieb ist ausgewogener. Julia ist dort also insgesamt goldener."

„Ich möchte sie da jedenfalls nicht anfassen", stellte Hanno klar und auch Petra, Mila und Matteo verzichteten. Gerhard, Lise und Lotte ließen es sich jedoch nicht nehmen, legten ihre Hände übermütig auf die glänzende Rundung und fotografierten sich dabei gegenseitig. Matteo hatte sich in der Zwischenzeit auf den Rand eines Blumenkübels gesetzt und schüttelte den Kopf. „Es tut mir leid, aber ich verstehe die Logik dahinter nicht."

„Was meinst du damit?", fragte Mila.

Matteo seufzte. „Romeo und Julia, das ist doch so ziemlich die traurigste Liebesgeschichte, die es gibt."

„Beide sterben", stellte Gerhard trocken fest.

„Genau! Kann mir jetzt mal jemand erklären, warum dann gerade das Reiben an Julias Brust Glück in der Liebe bringen soll? Ich verstehe das nicht."

Angelo, der ein wenig abseitsstand, horchte auf, denn seine Glücksführung drohte einen unglücklichen Ausgang zu nehmen und das durfte nicht passieren.

„Matteo, ich kann Ihre Bedenken nachvollziehen. Aber sehen Sie es mal so: Gerade, weil Julia so unglücklich war, ist ihr besonders daran gelegen, anderen zu ihrem Liebesglück zu verhelfen."

„Ach so, das könnte natürlich sein", antwortete Matteo und fragte dann: „Gibt es eigentlich auch einen Glücksort für neu in München Angekommene?"

Angelo dachte kurz nach. „Sie könnten sich den heiligen Christopherus ansehen. Der steht in der Prinzregentenstraße. und gilt als Nothelfer und Beschützer für Reisende."

„Ja, aber ich will ja nicht reisen, ich will bleiben und die Münchner kennenlernen."

„Dafür brauchst du Christopherus nicht", sagte Petra und lud Matteo spontan zu einem Abendessen ein.

Angelo klatschte in die Hände und versammelte seine Glückstruppe noch einmal im Halbkreis um sich. „Unsere Glückstour endet hier und ich hoffe, es hat Ihnen Spaß gemacht. Vor allem aber wünsche ich mir, dass Sie verstanden haben, dass es nicht von einer Bronzestatue, einem Mosaik, egal ob Original oder Replik, abhängt, dass man Glück hat oder empfindet. Wir haben zum großen Teil unser Glück selbst in der Hand. Denken Sie immer daran." Mit diesen Worten verbeugte er sich und entließ seine Teilnehmer, nachdem er ihren gebührenden Beifall entgegengenommen hatte.

Als alle weg waren, setzte Angelo sich auf den Sockel zu Julias Füßen und betrachtete seine Schuhspitzen. Es hatte ihn viel Kraft gekostet, die gute Laune bis zum Schluss aufrechtzuerhalten. Doch nun fiel er regelrecht in sich zusammen.

„Verdammt."

„Warum so wütend?" Angelo sah überrascht auf. Er hatte gar nicht gemerkt, dass Mila wieder zurückgekommen war. Sie turnte vor seinen Augen eine elegante Brücke, aus der sie dann in den Stand zurückfand, und setzte sich neben ihn.

„Hat Spaß gemacht", sagte sie.

„Danke."

„Ich bin immer glücklich, wenn ich mich bewege."

„Das ist nicht zu übersehen. Woher kannst du das alles?", fragte Angelo. Ganz selbstverständlich war er zum Du übergegangen.

„Habe ich mir selbst beigebracht. Ich mag es, meinem Kopf mal eine andere Richtung zu geben."

„Nach unten?", fragte Angelo.

„Genau. Aber genug von mir. Was ist los mit dir? Hast du dich geärgert?"

„Das kann man wohl sagen."

„Und worüber, wenn ich fragen darf? Die Führung ist doch gut gelaufen, die Gäste sind glücklich..."

Angelo nickte. „Alle, nur ich nicht. Ich bin bestohlen worden. Vermutlich von diesem Deppen von E-Scooter-Fahrer vorhin."

„Tatsächlich?", fragte Mila und zu Angelos Erstaunen lachte sie dabei.

„Was ist daran so komisch?"

„Nichts. Aber es wundert mich, dass dich als Glücksjäger das so trifft."

Angelo atmete tief ein. „Da war alles drin: Tageseinnahmen, Trinkgeld, Ausweise, MVV-Karte und ein Bild meiner Mutter. Sie lebt leider nicht mehr."

„Blöd."

„Du sagst es."

„Aber nicht so blöd, wie es scheint."

Angelo sah auf. „Sag mal, was soll das hier eigentlich? Willst du dich über mich lustig machen?"

„Nichts läge mir ferner", antwortete Mila. „Ich will dich wieder glücklich machen."

„Glück ist relativ", flüsterte Angelo.

„Da magst du recht haben." Mila brachte sich in Position für einen Handstand und fischte noch in der Bewegung blitzschnell einen Geldbeutel aus ihrer Jackentasche und reichte ihn Angelo. Der staunte nicht schlecht.

„Ich stelle fest: Du wurdest nicht bestohlen, Glücksritter, du hattest deinen Schatz beim Sturz nur verloren."

Kaum hatte Mila das gesagt, verschwand sie mit einigen Flickflacks und Sprüngen in der Menschenmenge.

WINTER

L isa öffnete die Wohnungstür.

Engelbrecht Winter stand ihr gegenüber und grinste, wie es in München nur Wohnungseigentümer können: dämonisch, siegessicher und herausfordernd. „Entschuldigen Sie, ich muss Sie noch ein letztes Mal stören."

Der erste Satz und schon eine Lüge, dachte Lisa.

„Ja?", fragte sie.

„Darf ich hereinkommen?" Eine Antwort wartete Winter nicht ab, sondern drückte sich bereits an Lisa vorbei. Er setzte sich auf das Sofa und sah sich um. „Schön. Sieht alles gut aus hier."

Lisa verkniff es sich, darauf hinzuweisen, dass dieser Umstand relativ neu war. Noch vor Kurzem hatte sie auf einer Baustelle gelebt. Man konnte sich kaum vorstellen, was für ein Dreck entstand, wenn sämtliche Stromleitungen neu verlegt wurden. Naiv war sie gewesen, als sie davon ausgegangen war, dass man mit ein paar Plastikplanen das Gröbste fernhalten konnte. Konnte man nicht. Stattdessen musste sie erleben, wie Betonstaub sich überall verteilte, sich in ihren Schuhen sammelte und ihre Seife sich in feines Schleifpapier verwandelte. Am Ende behauptete ihre Mutter, sogar ihre Stimme höre sich am Telefon rau an.

All das hatte Lisa in Kauf genommen, nach einer nervenaufreibenden Wohnungssuche, die sie an den Rand des Wahnsinns getrieben hatte. Doch ihr blieb keine Wahl. Denn ihre alte Wohnung war wegen Eigenbedarfs gekündigt worden und die Zeit für die Suche war begrenzt. Dreiundvierzig Wohnungsbesichtigungen hatte sie hinter sich gebracht und erstmal alles in Betracht gezogen: möblierte Einzimmerappartements, in denen sie über die Bettcouch gestolpert war, Wohnungen zur Untermiete, Kellerwohnungen, WGs und stark renovierungsbedürftige Behausungen. Das, was sie wollte, bekam sie nicht und das, was sie bekam, wollte sie nicht. Mehrfach hatte ihre Mutter ihr angeboten, wieder zu Hause einzuziehen. Aber „zu Hause", wo war das eigentlich? Lisa wusste keine Antwort auf diese Frage, nur so viel: bei ihrer Mutter war es jedenfalls nicht.

Schließlich war sie in einem Randbezirk von München in einer Wohnung von Engelbrecht Winter gelandet. Für sie war es ein Himmelsgeschenk, als er ihr eine passable Bleibe mit rund achtzig Quadratmetern anbot. Um nicht auf der Straße oder bei ihrer Mutter zu landen, entschloss sie sich einzuziehen, noch bevor die Renovierung abgeschlossen war. Winter nannte ihr eine Grundmiete. „Wir werden alles frisch für Sie renovieren. Dann müssen wir noch mal über den Preis sprechen, ich werde natürlich ein bisschen was draufschlagen müssen."

Lisa zuckte nicht einmal, als er das erwähnte, denn sie hatte kaum eine andere Wahl. Sie brauchte dringend eine neue Wohnung und Winter erschien ihr wie ein leibhaftiger Engel. Sie unterschrieb. Schnell zog sie ein und kurz darauf begannen auch schon die Renovierungsarbeiten.

„Jetzt wird es ein bisschen laut werden", hatte ihr der neue Vermieter damals verkündet, doch Lisa war zuversichtlich geblieben. Sie nahm sich vor, alles auszublenden. So eine Renovierung konnte ja nicht ewig dauern. Wie man sich doch täuschen konnte! Die Arbeiten hatten Wochen gedauert und wirkten immer noch nach. Bis heute wachte Lisa mindestens einmal in der Nacht auf und hörte im Halbschlaf das kratzende, bohrende Geräusch des Wandaufschlitzens als Echo ihrer Erinnerung. Dann sah sie Winter vor sich, der wie ein schwarzer, dämonischer Engel mit seinen mächtigen Flügeln schlug und eine Menge Staub aufwirbelte.

Doch nun war endlich Ruhe eingekehrt und künftig würde ihr Vermieter wohl nicht mehr so häufig bei ihr auftauchen. Sie lächelte und Engelbrecht Winter, der immer noch neben ihr auf dem Sofa saß, schien ihre Gedanken zu lesen.

„Na, jetzt sind Sie doch froh, oder? Die neuen Leitungen sieht man zwar nicht, aber sie sind da. Und das renovierte Bad dürfte Ihnen auch gefallen." Er zwinkerte.

Da musste Lisa ihm zustimmen, denn sie hatte sich die Ausstattung aussuchen dürfen. Es gefiel ihr, barfuß über den matten, dunklen Feinsteinboden zu laufen. Mit einem Schritt war sie in der begehbaren Regendusche und für die Wand hatte sie türkisblaue Fliesen ausgesucht. Gelegentlich fühlte sie sich wie in einem noblen Hotel. Lisa konnte Stunden in ihrem Bad verbringen. Die Fußbodenheizung sorgte dafür, dass sie niemals kalte Füße bekam.

Engelbrecht Winter lächelte sperrig und Lisa stand rasch auf. „Darf ich Ihnen etwas anbieten?"

„Ich nehme gern einen Kaffee, schwarz."

Lisa nickte und ging in die Küche, schaltete die Espressomaschine ein und stellte zwei Tassen zum Anwärmen auf die Ablage.

Winter folgte ihr und beobachtete sie, die Hände in den Hosentaschen. Wenn sie sich umdrehte, würde sie sein selbstgefälliges Grinsen sehen. Lisa widerstand dem Drang, vor allem, weil sie vermutete, dass er gekommen war, um über die Anpassung der Miete zu sprechen, die er bereits angekündigt hatte. Sie fragte sich, ob das überhaupt rechtens war, auf der anderen Seite wollte sie ihre neue Wohnung ja auch nicht gleich wieder verlieren.

„Die Wohnung wird natürlich enorm aufgewertet", das waren seine Worte gewesen. Winter hatte niemals einen Hehl daraus gemacht, was auf sie zukommen würde. Doch Lisa würde einen Teufel tun, um ihm auch noch bei seinem diabolischen Plan zu helfen. Er sollte schon selbst mit der Sprache herausrücken.

Als die Maschine vorgewärmt war, nahm sie die Tassen von der Ablage, ließ den Espresso hineinlaufen. Sie wusste genau, wie Engelbrecht Winter seinen Kaffee trank. Schließlich war er oft genug bei ihr gewesen, um „die Baustelle im Blick zu behalten". Angemeldet hatte er sich nie, außerdem war er für ihren Geschmack immer zu lange geblieben. Lisa wusste, dass er ausschließlich blaue Hemden trug und dass er, wenn er ungeduldig wurde, auf seinen Zehenspitzen vor und zurück wippte.

Nun schlenderte ihr Vermieter mit der Tasse in der Hand durch ihre Wohnung, so als wäre es seine – was genau genommen ja auch stimmte. Lisa seufzte und folgte ihm. Sie fühlte sich wie bei einem Museumsbesuch. Das heutige Ausstellungsobjekt: Lisas Heim.

Engelbrecht Winter nickte, obwohl sie gar nichts gesagt hatte. „Ja, es ist wirklich schön geworden. Hier würde ich auch gern wohnen."

„Aber zum Glück wohnen Sie nicht hier", hätte Lisa sagen wollen. Aber leider hatte sie nicht die rhetorische Schlagkraft ihrer Mutter geerbt, der sie – wie Freunde behaupteten – verblüffend ähnlich sah.

Äußerlich war sie das jüngere Abbild ihrer Mutter, innerlich besaß sie das zurückhaltende Wesen ihres Vaters. Er war gestorben, als sie fünf Jahre alt war. Seine sanfte Stimme würde ihr für immer im Gedächtnis bleiben.

Schweigend begleitete Lisa ihren Vermieter auf seinem Rundgang. Sie ärgerte sich, denn sie hatte sämtliche Türen offen gelassen. So konnte Winter in aller Seelenruhe auch in ihr Schlafzimmer spazieren. Dort deutete er mit der Kaffeetasse in der Hand nach oben in Richtung ihres filigranen Lampenschirms, der über und über mit flauschigen Federn bestückt war. „So was hält nie lange", kommentierte er. Dann drehte er sich langsam um die eigene Achse, nahm alles genau in Augenschein. Lisa fand das zwar reichlich unverschämt, war jedoch zu bequem, um zu reagieren. Ihre Mutter hätte sich das niemals gefallen lassen. Aber Lisa hoffte einfach, dass Winter nach seiner Tour schnell verschwinden würde. Glücklicherweise brachten sie Arbeitszimmer, Küche und Flur ohne weitere Zwischenfälle hinter sich. Am Ende der Besichtigungsrunde durch ihre Wohnung landeten sie erneut im Wohnzimmer und der Vermieter setzte sich.

„Gut, dann müssen wir nur noch über die angepasste Miete nach der Renovierung sprechen."

Lisa holte tief Luft. „Das habe ich mir gedacht." Sie wappnete sich. Immerhin verdiente sie nicht schlecht. „Also...", sie sah Winter an und wartete.

Doch zu ihrem größten Erstaunen sprang dieser auf. „Aber vorher habe ich noch eine riesengroße Überraschung für Sie!"

Lisa atmete aus.

„Eine Überraschung?" Das war das Letzte, was sie wollte.

Winter grinste. „Ich bin sicher, Sie werden begeistert sein." Und mit einem verschlagenen Lächeln zog er einen Bauplan aus seiner Anzugjacke. Er faltete ihn mit einer geschmeidigen Bewegung auseinander und servierte ihn auf dem Wohnzimmertisch.

„Voilà!"

Lisa verstand rein gar nichts.

„Das hier, das ist Ihre Wohnung."

Nun erkannte sie den Grundriss, fragte sich aber immer noch, was ihr Vermieter von ihr wollte.

„Richtig, ich erkenne sie."

„Und jetzt ...", Engelbrecht Winter hielt inne und machte ein Gesicht, als habe er soeben das Geheimnis von Atlantis entschlüsselt. Er fischte einen weiteren Plan aus der Tasche und legte diesen exakt an den ersten an. Lisa glaubte, im Nacken einen eisigen Hauch zu spüren.

„Und jetzt erweitern wir Ihre wunderbare Wohnung um ein zusätzliches Zimmer von 35 Quadratmetern. Ist das nicht fantastisch?"

Lisa war baff. „Ach!"

Winter deutete das als Zustimmung.

„Ich wusste, dass es Ihnen gefällt."

Bevor er weiterhin von falschen Voraussetzungen ausging, fing sich Lisa.

„Eigentlich fand ich meine Wohnung groß genug. Und ich bin froh, dass die Baustelle ..."

Ihr Vermieter wischte ihren Einwand mit einer Handbewegung fort. „Ach, das wird nicht schlimm, wir bauen ja von außen an. Hier wird durchgebrochen ...", er wies auf die Wohnzimmerwand, „und schwups, schon ist alles fertig."

Lisa schwieg. Gestern erst hatte sie ein großes Aquarell einer toskanischen Villa an die Wand gehängt.

„Mehr geht doch immer!", platzte es aus Engelbrecht Winter heraus. „Stellen Sie sich vor, Sie können sich ein Gästezimmer einrichten, eine Bibliothek oder einen Fitnessraum. Sie haben viel mehr Platz!"

Lisas Nerven krochen irgendwo am Boden herum. Nur mit Mühe konnte sie Haltung bewahren, innerlich stürzte sie in sich zusammen. Sie wollte keine Bibliothek, kein Gästezimmer, kein gar nichts. Wie sollte sie das denn bezahlen? Und eine Baustelle würde sie nicht noch mal überleben.

„Aber das Beste wissen Sie noch gar nicht." Winter strahlte sie an.

„Was?", fragte Lisa und sie hörte die Hysterie in ihrer Stimme. Sie würde es nicht aushalten, wenn wieder Handwerker ihre Wohnung stürmten. Ein solcher Anbau würde erhebliche Arbeiten bedeuten, das war eine andere Nummer als ein paar Wandschlitze zu klopfen. Sie schüttelte den Kopf. Herr Winter legte ihr eine Hand auf die Schulter. Lisa zuckte zusammen.

„Frau Müller, keine Sorge. Ich habe noch eine Überraschung."

„Noch eine?", krächzte sie, unfähig ihrer Stimme Kraft zu verleihen. Sie wollte mit ihrer Mutter telefonieren und fragen, was sie sagen sollte.

„Frau Müller, bitte hören Sie mir zu. Ich verspreche, Sie werden kaum etwas merken. Ich verstehe Sie doch! Ich werde Sie aus der Gefahrenzone nehmen." Er grinste ölig. „Die schlimmsten Arbeiten werden Sie gar nicht mitbekommen. Versprochen."

Er lächelt, aber ohne die Augen einzubeziehen, dachte Lisa und fragte sich, warum ihr das jetzt erst auffiel. In ihren Gedanken sah sie den Dämon mit seinen großen schwarzen Flügeln schlagen, während er ihr die Lösung für all ihre Bedenken präsentierte. Winter hatte sich etwas ausgedacht: Er würde sie für die Bauphase in eine Pension umquartieren. Lisa fühlte sich überfahren, trotzdem nahm sie an. Manchmal wäre sie doch gern etwas mehr wie ihre Mutter.

Als sie zurückkehrte, war tatsächlich fast alles fertig. Ihr Vermieter musste den Erweiterungsbau schon irgendwo herumstehen gehabt haben. Eine neue Tür führte vom Wohnzimmer in den Anbau. Lisa wanderte durch ihre vergrößerte Wohnung, die, so schien es, von dunklen Mächten von 84 auf 119 Quadratmeter aufgeblasen worden war. Lisa fühlte sich darin zerbrechlich und klein. Ihr war schlecht und sie umklammerte das Handy, aus dem die Stimme ihrer Mutter hervorquoll.

„Ich habe dir doch gleich gesagt, zieh bei mir ein. Du brauchst doch keine so große Wohnung? Du hättest dir das alles ersparen können, aber du wolltest ja nicht."

„Naja", widersprach Lisa, „ich hatte ja bloß 84 Quadratmeter angemietet."

„Ach, Vermieter, die hat der Teufel geschickt", zischte ihre Mutter. „Die wollen doch nur noch mehr Geld."

Lisa sah Engelbrecht Winter vor sich, sein hässliches Grinsen, seine mächtigen dunklen Flügel.

„Die ersten drei Monate belassen wir es bei der Miete, für 84 Quadratmeter", hatte er angekündigt. „Danach komme ich wieder und wir reden weiter."

„Lass dich ja nicht von dem übers Ohr hauen. Es gibt einen Mieterschutz, geh zum Anwalt", riet ihre Mutter, wie immer eine Spur zu laut. Lisa war sich sicher, wenn sie nur manchmal ein bisschen leiser wäre, würden sie sich besser verstehen.

Lisa stand in ihrem neuen Zimmer. Ein von außen angeschobenes Teil, das sich nicht zum Rest gesellen wollte. Eine bauliche Eiterbeule. Was sollte daraus werden? Ein Gästezimmer? Ein Fitnessraum? Lisa hasste Fitness. Sie ging viel lieber draußen spazieren und ein Gästezimmer würde ihre Mutter nur dazu ermutigen, häufiger zu Besuch zu kommen. Sie vertrugen sich am besten über eine gewisse Distanz. Manchmal wunderte sich Lisa, wie man als Mutter und Tochter charakterlich so verschieden sein konnte, während man sich so ähnlich sah. Daneben war es wohl einer komischen Laune ihrer Mutter zu verdanken, dass es noch eine weitere Verbindung gab. Beide teilten sich den gleichen Vornamen: Lisa.

Sie beschloss, das Zimmer erstmal leer zu lassen.

Eine Lösung war auch nach mehreren Wochen nicht in Sicht. Es stellte sich heraus, dass sich Lisas Möbel einfach nicht auf einen weiteren Raum verteilen ließen. Was immer sie versuchte, es funktionierte nicht. Der Anbau blieb ein ungewolltes Anhängsel, in das Lisa schließlich das Bügelbrett brachte. Sie klappte es auf, stellte es in die Mitte des Raums, daneben einen leeren Wäschekorb. Das könnte als Kunst durchgehen, fand Lisa, die selten bügelte.

Nach etlichen aufreibenden Telefonaten kam Lisas Mutter zu Besuch. Sie hatte sich nicht angekündigt, aber Lisa hatte schon länger mit ihr gerechnet. Kaum war die Wohnungstür auf, schob sich ihre Mutter an ihr vorbei in den Flur. Sie drückte ihrer Tochter eine Tüte in die Hand. „Hier, ich habe Croissants mitgebracht. Ach, so schlecht ist es doch gar nicht", rief sie und zog die Schuhe aus. Dann inspizierte sie Lisas neues Heim. Lisa folgte wortlos und erlebte ein Déjà-vu. Genauso hatte sich Winter in ihre Wohnung gedrängt und mit der Besichtigung begonnen.

„Ich weiß gar nicht, was du hast. Die Wohnung ist doch schön."

„Klar Mama, alles, was du bisher gesehen hast, ist auch perfekt. Nur kennst du die Kammer des Schreckens eben noch nicht."

„Na so schlimm wird es schon nicht sein. Da kann man bestimmt was draus machen."

„Du redest genau wie mein Vermieter."

„Diesen Vergleich verbitte ich mir. Aber jetzt komm, zeig mir das Corpus Delicti. Vielleicht fällt mir ja was dazu ein."

Sie streckte ihrer Tochter die Hand entgegen. Lisa ergriff sie und war froh über den warmen, starken Griff. Sie öffnete mit einem Ruck die Tür und gemeinsam betraten sie den Anbau. Bügelbrett und Wäschekorb wirkten lächerlich verloren in dem großen, leeren Raum und die Stimme ihrer Mutter hallte, als sie sagte: „Also, du verstehst es wirklich, ein Zimmer hübsch herzurichten, mein Kind!"

Dann lachten beide so herzlich und laut, wie schon lange nicht mehr.

Schließlich verließen sie den unsäglichen Raum und setzten sich ins gemütlich eingerichtete Wohnzimmer. Doch Lisa konnte nicht richtig stillsitzen, was ihrer Mutter nicht entging. „Jetzt hast du endlich eine Wohnung und wirkst immer noch so gestresst."

Lisa stand auf und floh in die Küche, aus der sie rief: „Weißt du Mama, es ist ja auch wegen der Miete. Ich weiß wirklich nicht, wie ich mir eine Wohnung mit..."

Das Telefon klingelte, gerade als Lisa die mitgebrachten Croissants auf zwei Teller verteilen wollte. Sie hörte, wie ihre Mutter im Wohnzimmer abnahm und hielt inne.

„Lisa Müller."

Es folgte eine Pause und Lisa schüttelte den Kopf. Ihre Mutter kannte einfach keine Zurückhaltung.

„Ah, Herr Winter. Selbstverständlich können Sie nächste Woche vorbeikommen. Am Donnerstag, 19 Uhr? Gut, dann reden wir über die Miete. Alles klar." Ihre Mutter legte auf. Lisa starrte auf die Teller vor sich. Die Croissants verschwammen vor ihren Augen. Sie spürte einen eiskalten Luftzug. Nächste Woche also.

Der kleine Zeiger rückte gerade auf die Sieben vor, als Engelbrecht Winter auf den Klingelknopf seiner Mieterin drückte. Er war bestens vorbereitet. In der Aktentasche, die er unter dem Arm trug, befand sich ein druckfrischer Mietvertrag. Die Tür öffnete sich und Winter stutzte. Vor ihm stand seine Mieterin, oder doch nicht? Winter kniff die Augen zusammen. Seine Gedanken überschlugen sich und seine Hände begannen zu schwitzen. Sicher, diese Frau sah aus wie Lisa Müller, aber sie war etwa Ende fünfzig! Dunkle, angriffslustige Augen funkelten in an, begleitet von einem Lächeln. Lisa Müllers Lächeln.

„Ach, Herr Winter, wie schön, dass Sie da sind. Stets pünktlich und zuverlässig. Das schätze ich sehr."

„Ähm, ich wollte eigentlich zu Frau Lisa Müller." Sein Gegenüber konnte doch unmöglich seine unerfahrene, junge Mieterin sein. Die Frau nickte und bat ihn mit einer Handbewegung einzutreten.

„Kommen Sie doch herein, mein Lieber."

Winter folgte der Aufforderung und sah sich um. Von der jungen Lisa Müller war weit und breit nichts zu sehen.

„Vielleicht sollte ich lieber ein anderes Mal wiederkommen."

„Aber nein, warum denn?"

Die Frau schob ihn ins Wohnzimmer. Beide setzten sich.

„Wollen Sie einen Kaffee? Schwarz, wie immer?"

Winter schluckte. Mit jeder Minute hatte er mehr und mehr das Gefühl, Statist in einem Horrorfilm zu sein. Mit aller Macht riss er sich zusammen.

„Genau genommen bin ich ja mit Frau Müller verabredet." Er lachte gequält. „Wir wollten den Mietvertrag..."

„Das weiß ich doch, Herr Winter. Deshalb sind Sie hier und ich bin es ja auch. Also..." Sie stellte die Tasse vor ihm ab und sah ihn herausfordernd an.

„Also, was?", fragte Winter.

„Na, dann holen Sie den Vertrag schon heraus. Ich habe sicher noch das eine oder andere dazu zu sagen."

„Ich verstehe nicht." Winter fühlte sich zunehmend unwohl.

Die Frau lachte laut auf. „Über die Miete müssen wir sprechen und darüber, inwiefern eine Erhöhung überhaupt rechtens ist."

Winter starrte sie an. Das Gespräch lief ganz und gar nicht in die richtige Richtung. Er straffte seine Schultern.

„Entschuldigen Sie, aber das müsste ich schon mit meiner Mieterin persönlich bereden."

Die Miene der Frau verdunkelte sich und es schien Winter, als blicke er in zwei tiefschwarze, endlose Teiche.

„Aber ja, Herr Winter."

Sie sah ihn intensiv an. „Ich bin Frau Lisa Müller."

Mit diesen Worten schob sie langsam ihren Ausweis über die Tischplatte auf ihn zu.

GEBURTS
TAGSKIND

*U*nd später feiern wir dann richtig schön, mein Schatz",
sagte Helen und drückte ihrer Tochter einen Kuss auf die Stirn,
bevor sie sie sanft Richtung Schule schob. Der zweifelnde Blick
ihrer Tochter bohrte sich in ihr Mutterherz.

„Meinst du wirklich?", glaubte sie in den Augen ihrer seit
heute Siebenjährigen zu lesen. Doch wie immer sprach die
Kleine ihre Gedanken nicht aus. Stattdessen sagte sie: „Alles
klar, Mama." Sie winkte zum Abschied und mischte sich
schnell unter die anderen Kinder vorm Schuleingang.

Kaum war Sofie hinter dem hölzernen Schultor verschwunden, eilte Helen zurück nach Hause. Bis das Geburtstagskind
mittags zurückkommen würde, wollte sie alles fertig haben. Im
Treppenhaus schnappte sich Helen die Post der letzten Tage,
damit die Nachbarn sich nicht wieder aufregten, weil ihr Briefkasten überquoll. Nur die Schriftstellerin aus dem obersten
Stockwerk, die hatte sich noch nie darüber beschwert.
Unbeachtet landete der Briefstapel auf dem Tischchen neben
der Garderobe. Helen würde sich später damit beschäftigen,
wenn sie sich stark genug fühlte. Heute gab es nur ein Ziel:
einen festlichen Geburtstagskuchen mit sieben brennenden
Kerzen für Sofie. Sie freute sich schon so auf das Gesicht ihrer
Tochter, wenn sie den Kuchen sah und ihre Geschenke – ein

hübsches Tagebuch mit Goldprägung „Sofie" und einen flauschigen, blauen Pullover – auspackte. Mehr war leider nicht drin gewesen. Helen hatte dafür ihr letztes Geld ausgegeben. Bis nächste Woche würden sie mit dem auskommen müssen, was Kühlschrank und Vorräte noch hergaben. Aber was zählte das schon an einem Tag wie diesem?

Jetzt wurde es höchste Zeit, alles vorzubereiten. Helen konnte passabel kochen – Sofie behauptete sogar, sie könne zaubern, weil sie auch aus den wenigsten Zutaten ein leckeres Essen hinbekam –, aber Backen gehörte leider nicht zu ihren Stärken. Helen nahm das Kuchenrezept aus dem Küchenschrank, wo sie es vor Sofie verborgen hatte, und vertiefte sich in die Bilder und Anweisungen. Es lief ganz gut – bis zu der Stelle, an der Helen Zucker im Eiweiß auflösen sollte. Dafür musste das Eiweiß gleichzeitig langsam erwärmt werden.

„Das Gemisch darf auf keinen Fall zu heiß werden!", las sie und zog den Topf schnell von der Herdplatte. Sie hatte nur einen Versuch, denn es war kein Ei mehr übrig. Beschwörungen murmelnd und mit einer bösen Vorahnung rührte sie die Ei-Zucker-Mischung. Aber auch ohne große Backkenntnisse musste sie bald feststellen, dass etwas nicht stimmte: Die Masse wurde pampig und sah völlig anders aus als auf dem Rezeptbild. In ihrer Schüssel befand sich leider kein feinporiges, seidenglattes Eiweiß-Zucker-Gemisch, sondern eine undefinierbare, verklebte Masse, die entfernt an Kleister erinnerte.

„Mist, Mist, Mist." Helen pfefferte die Schneebesen des Handrührers ins Spülbecken. Sie brauchte sofort neue Eier. Ein Blick auf die Uhr verriet, noch lag sie ganz gut in der Zeit. Sie zog die Schürze aus und stürzte zur Tür. Wozu hatte man Nachbarn?

Zunächst versuchte sie es im Erdgeschoss bei Hellmanns, doch niemand öffnete. Danach ging sie Stockwerk für Stockwerk nach oben, ohne Erfolg, bis sie schließlich vor der Tür der Schriftstellerin ankam. Helens Herz klopfte wild und sie schickte ein Stoßgebet zu einem Gott, der sie die letzten Jahre völlig vergessen zu haben schien. Doch vielleicht schaute er ja heute ganz zufällig einmal in ihre Richtung. Tatsächlich, die Wohnungstür öffnete sich einen Spalt breit. Helen erkannte die Schriftstellerin. Sie war barfuß, trug eine Jogginghose und einen grasgrünen, schlabbrigen Pullover.

„Ach, ich dachte, es ist der Paketbote", sagte die Schriftstellerin und öffnete die Haustür etwas weiter.

„Nein, ich bin es nur. Entschuldige die Störung. Ich brauche ganz dringend drei Eier, Sofie hat Geburtstag und ich möchte ihr einen Kuchen backen. Der erste Versuch ging leider völlig daneben. Kannst du mir aushelfen?"

„Klar."

Helen blieb vor der Tür stehen und lauschte den nackten Fußsohlen der Schriftstellerin, die sich entfernten und offenbar in die Küche tapsten. Dann hörte sie eine Schranktür auf- und zugehen. Kurz darauf streckte ihr die Schriftstellerin einen Sechserpack Eier entgegen.

„Nimm sie alle, falls du mehr brauchst." Sie grinste. „Ich kann auch nicht gut backen."

„Danke! Ich bring dir nächste Woche neue mit", antwortete Helen und schon flog sie mit einem federleichten Herzen die Treppen hinunter zu ihrer Wohnung.

Jetzt würde sie noch einmal von vorn anfangen, das Eiweiß diesmal ganz vorsichtig erwärmen, den Zucker sanft hineinrieseln lassen und immer schön rühren, rühren, rühren. Nicht eine Sekunde würde sie den Topf dabei aus den Augen lassen und später würde sie Sofie den schönsten Geburtstagskuchen servieren, denn sie jemals gesehen hatte.

Sie hatte den Gedanken noch nicht zu Ende gedacht, da setzte ihr Herzschlag aus. Die Tür war zu. Reflexartig tastete Helen nach ihrer Hosentasche, obwohl sie sehr genau wusste, dass sie keinen Schlüssel mitgenommen hatte. Und was noch schlimmer war: Niemand hatte einen Ersatzschlüssel, weil es schlicht keinen gab. Helen hatte sich immer mal vorgenommen, einen nachmachen zu lassen, die Kosten aber gescheut und es dann einfach vergessen. Sie stellte die Eierschachtel vor der Wohnungstür ab und stieg die Stufen wieder hinauf. Ein zweites Mal klingelte sie bei der Schriftstellerin. Erneut öffnete sich die Tür nur ein wenig. „Reichen die Eier nicht?", tönte es aus dem Türspalt. „Ich habe noch welche."

Helen strich sich die Haare aus der Stirn und seufzte. „Nein, das ist es nicht. Kannst du eine verschlossene Tür knacken?"

„Ich schreibe keine Krimis!"

Jetzt musste Helen trotz der vertrackten Situation lachen. „Ich verstehe. Aber hast du irgendein Werkzeug, mit dem man eine Tür wieder aufbekommt?"

Die Schriftstellerin drehte sich auf dem Absatz um und tapste auf ihren nackten Füßen in die Wohnung zurück. Schneller als erwartet kam sie zurück und drückte Helen ein Küchenmesser in die Hand. „Damit vielleicht?"

Helen lachte. „Du solltest Krimis schreiben! Probieren wir es." Sie war so verzweifelt, sie hätte es sogar mit einem Strohhalm versucht.

An Helens Wohnungstür angekommen, hantierten beide mit dem Messer am Türschloss herum. Sie kratzten, drückten, schraubten, doch das Schloss hielt und die Tür blieb zu. In einem Anfall von Wut trat Helen gegen das Holz.

„Verdammt nochmal. Das kann doch alles nicht wahr sein! Was mach' ich denn jetzt?"

Die Schriftstellerin zuckte mit den Schultern. „Tut mir leid. Ich besitze kein richtiges Werkzeug." Sie tippelte auf ihren

Füßen herum, die sicher schon eiskalt waren. „Macht nichts, mir fällt bestimmt etwas ..."

Beide fuhren zusammen, als es oben in der Wohnung der Schriftstellerin klingelte.

„Entschuldige, Helen, aber jetzt muss ich hoch, das ist bestimmt der Paketbote."

„Alles klar. Danke für deine Hilfe."

Kurz darauf hörte Helen den Summer. Der Bote schnaufte die Treppenstufen hinauf. Als er auf ihrer Etage angekommen war, fragte Helen: „Können Sie eine Tür aufmachen?"

„Keine Zeit", japste der Mann und setzte seinen Weg fort, ohne stehen zu bleiben. „Rufen Sie einen Schlüsseldienst", rief er ihr noch zu.

„Jaja", antwortete Helen. „Eine gute Idee, danke."

Doch das kam natürlich gar nicht infrage. Sie hatte kein Geld für einen Schlüsseldienst und sie wusste, dass manche von denen richtige Halsabschneider waren, die exorbitant hohe Rechnungen stellten. Es musste eine andere Lösung geben. Fieberhaft überlegte sie, was sie tun konnte. Inzwischen kam der Paketbote auf dem Weg nach unten wieder bei vorbei. „Das ist ein Sicherheitsschloss, das kriegen Sie nicht so einfach auf. Ich würde ja helfen, aber ich habe noch so viele Pakete ..."
Er klopfte ihr auf die Schulter und weg war er.

Helen stand wie gelähmt vor ihrer Wohnungstür. Das automatische Licht im Hausflur schaltete sich aus und sie war ganz allein im stillen, dunklen Treppenhaus. Ihr Herz schlug im Takt ihres persönlichen Weltuntergangs.

Langsam ließ sich Helen in die Hocke gleiten und stützte ihren Kopf auf die Knie. Es hatte schon viele schreckliche Tage in ihrem Leben gegeben, aber dies war einer der schlimmsten. Helen sah auf ihre Uhr: Es war kurz vor elf Uhr. Sofie war in der Schule und freute sich sicher schon auf ihre Geburtstagsfeier, wie bescheiden diese auch immer ausfallen würde. Man konnte ihr auch mit kleinen Dingen eine große Freude machen. Doch jetzt stand ihre Mutter vor der verschlossenen Tür und war der Verzweiflung nahe.

Nur mit Mühe hielt Helen die Tränen zurück. Bernd war vor drei Jahren abgehauen und hatte sie mit Schulden und mit ihrem kleinen Mädchen zurückgelassen. Seit diesem Tag versuchte sie alles, um es Sofie an nichts fehlen zu lassen, und scheiterte beinahe täglich daran. Nicht einmal Sofies Geburtstag machte da eine Ausnahme.

Doch so leicht würde Helen nicht aufgeben. Sie hatte noch gut zwei Stunden, bis Sofie von der Schule nach Hause kam. Es gab immer eine Lösung. Sie richtete sich auf, strich ihre Jeans glatt, ignorierte, dass sie Hausschuhe trug, und verließ das Haus. Auch wenn Helen noch nie dort gewesen war, wusste sie dennoch von der Münchner Tafel am Eingang der Großmarkthalle. Mit etwas Glück könnte sie vielleicht einen kleinen Kuchen für Sofie ergattern. Es dauerte lange, bis sie an der Reihe war. Helen atmete auf.

„Ihren Berechtigungsschein, bitte." Die ältere Dame sah Helen sehr freundlich, aber bestimmt an.

„Meinen Berechtigungsschein?"

Die Frau nickte und ihr Blick huschte kurz zu Helens Hausschuhen. „Ja, Sie müssen Ihre Hilfsbedürftigkeit nachweisen. Sie sind berechtigt, wenn sie nach Abzug der Miete und der Nebenkosten nicht mehr als 432 Euro im Monat zur Verfügung haben."

„Oh", hauchte Helen. „Ich habe keinen solchen Schein."

„Dann müssten Sie erst einmal einen Gesprächstermin im Büro vereinbaren. Hier, ich schreibe Ihnen die Nummer auf. Versuchen Sie es öfter, wenn belegt ist."

„Aber bitte, Sie müssen mir helfen", flehte Helen. „Meine Tochter hat heute Geburtstag. Sie ist sieben geworden und meine Wohnungstür ist..."

„Tut mir leid, aber ich kann hier jetzt nichts für Sie tun."

„Bitte, ich wollte eigentlich nur fragen, ob Sie vielleicht einen kleinen Kuchen übrighaben?"

„Oh, das tut mir wirklich leid, aber wir haben heute gar keine Kuchen bekommen", antwortete die Frau. „Wollen Sie vielleicht ein paar Kekse?"

Helen schüttelte den Kopf, dann ging sie zur Seite, damit der Nächste an die Reihe kam.

Die Glocken von St. Korbinian schlugen zwölf Uhr – noch eine Stunde bis Sofie aus der Schule kommen und feststellen würde, dass ihre Mutter wieder versagt hatte. Kein Kuchen, keine Geschenke, ja, sie konnten nicht einmal die eigene Wohnung betreten. Jetzt lief es Helen doch eiskalt über den Rücken und ihr wurde schwindelig. Sie setzte sich auf eine Bank in dem kleinen Park vor der monumentalen, barocken Kirche. Von der Balustrade zwischen den beiden mächtigen Glockentürmen sah der gekreuzigte Jesus auf sie herab. Seinen Blick konnte Helen aus der Entfernung zwar nicht erkennen, aber vermutlich lag wenig Mitleid darin. Schließlich war sie selbst schuld. Wieso musste sie auch ohne Schlüssel aus ihrer Wohnung rennen? Leidtragende war wieder einmal Sofie. Helen brauchte sich nur umdrehen, dann konnte sie sie fast sehen. Denn die Schule ihrer Tochter befand sich direkt hinter ihr. Helen stellte sich vor, wie Sofies Mitschüler ihr gerade ein Geburtstagslied vorsangen und sie dann samt Stuhl emporhoben und hochleben ließen. Das war ein schönes Ritual, auf das sich alle Kinder immer sehr freuten. Die Lehrerin brachte auch ein paar Süßigkeiten mit. Das war mehr, als Sofies Mutter gerade zu bieten hatte. Vielleicht hätte sie die Kekse doch annehmen sollen? Helen atmete tief ein. Die glatten Fassaden der die Kirche umgebenden Wohnblöcke strahlten Ruhe aus. Runde Bögen, Blumenkästen an den Fenstern, Fahrräder auf breiten Gehwegen. Mütter kamen vom Einkaufen nach Hause, Lieferanten parkten in zweiter Reihe und die Sonne leuchtete in die Küchen, in denen gerade das Mittagessen für die Kinder gekocht wurde. München gefiel sich im Kleinstadtflair. Eigentlich sollte sie jetzt auch brav in so einer Küche stehen und für Sofie backen. Wenn Bernd noch da wäre, dann...

Helen hatte sich ihr Familienleben anders vorgestellt. Es fing ja auch ganz gut an damals mit Bernd. Doch irgendwann hatte sich etwas verändert. Helen hatte in der Vergangenheit stundenlang darüber nachgedacht, wann dieses perfekte Familienbild einen Riss bekommen hatte. Sie schüttelte den Kopf, um die dunklen Gedanken loszuwerden – es brachte ja nichts. Nun war sie eben eine von Münchens vielen alleinerziehenden Müttern, fertig. Der Schulgong ertönte und Helen erhob sich langsam von der Bank. Ihre Tochter würde sich freuen, dass sie abgeholt wurde.

Sofie war die Erste, die sich aus dem Kinderknäuel durch das Schultor drückte. „Mama, du holst mich ab!" Sofies Strahlen hätte tausend Kerzen anzünden können.

Helen nickte und nahm ihre Tochter fest in die Arme. „Natürlich, du hast doch heute Geburtstag, Liebes. Komm', ich nehme deinen Rucksack."

Sofie ließ sich nicht zweimal bitten. Doch als sie nach unten sah, erstarrte ihr Blick. „Mama, aber du hast ja noch deine Pantoffeln an!"

Helen zwang sich zu einem Lachen. „Ach herrje, da habe ich in der Eile und Vorfreude auf dich doch glatt die Schuhe vergessen."

Sofie sah sie alarmiert an. „Ist alles okay, Mama?"

Kluges Kind, dachte Helen und wusste, nun waren sämtliche Register der mütterlichen Täuschung zu ziehen. Sie konnte sich in diesem Moment einfach noch nicht durchringen, Sofie die Wahrheit zu sagen. Wenigstens den kurzen

Weg bis nach Hause wollte sie ihre Tochter glücklich sehen. Helen schulterte den Rucksack und nahm Sofie bei der Hand. „Mütter sind manchmal eben mit den Gedanken woanders. Also Geburtstagskind, wie war's in der Schule?"

Und schon sprudelte Sofie los und die Hausschuhe waren vergessen. Doch mit jedem Meter tat sich Helen schwerer, dem wilden Geplapper zuzuhören. Denn sie näherten sich unweigerlich dem Moment der Wahrheit und damit dem verdorbenen Geburtstag eines siebenjährigen Mädchens. Helen blieb stehen.

„Sofie, ich muss dir noch etwas sagen."

Diese Worte hatte Sofie schon so oft in ihrem kurzen Leben gehört, dass es sie wie ein Stromschlag durchzuckte. Sie zog ihre Hand weg.

„Was ist denn, Mama?"

„Also, ich weiß gar nicht, wie ich anfangen soll... Mir ist da wirklich etwas ganz, ganz Blödes passiert."

Sie befanden sich inzwischen direkt vor ihrer Haustür. Sofie sah ihre Mutter angespannt an.

Helen erkannte mit Entsetzen, dass Sofie versuchte, sich auf das Schlimmste einzustellen, sich aber gleichzeitig nichts anmerken zu lassen. Die Mimik ihres Kindes spulte innerhalb von Sekunden alles ab, was sich in ihrem Herzen zusammenbraute. Hastig versuchte Helen, die richtigen Worte zu finden. „Also, ich..."

„Huhu!"

Der Ruf war von oben zu ihnen heruntergeweht. Fröhlich und leicht, wie ein warmer Sommerwind, blies er trübe Gedanken einfach hinweg und nahm allen unsinnigen Worten der Welt augenblicklich den Wind aus den Segeln. Helen und Sofie schauten hinauf und erkannten die Schriftstellerin, die mit zwei roten Ballons in der Hand aus dem Fenster im Treppenhaus winkte.

„Da seid ihr ja endlich. Wartet, ich mach euch auf!"

Der Summer ertönte und Helen drückte die Tür auf. Sofie folgte ihr überrascht. Gemeinsam stiegen sie in den dritten Stock, wo sie schon von einer heiteren Gesellschaft erwartet wurden. Hellmanns aus dem Erdgeschoss waren da, die Schriftstellerin und auch der Paketbote von vorhin. Das Geländer war mit bunten Ballons geschmückt und Helens Wohnungstür stand einladend offen. Ein verführerischer Duft strömte in den Hausflur, was Sofie sofort veranlasste, quietschend vor Glück in die Wohnung zu stürmen. „Mama, warum hast du denn nichts gesagt?"

Helen sah ihre Nachbarn an, die sich in verschwörerischer Verbundenheit angrinsten.

„Murat ist noch mal zurückgekommen und hat tatsächlich geschafft, deine Tür aufzukriegen", flüsterte die Schriftstellerin Helen ins Ohr. Der Paketbote machte eine kleine Verbeugung. „Man muss helfen, wenn man kann."

„Und Margarete Hellmann ist eine wahre Backkönigin. Dein Rezept war ein Klacks für sie", raunte die Schriftstellerin ihr noch zu, als sie Helen in die Wohnung schob. „Und jetzt komm, es gibt Kuchen."

In der Küche empfing Helen eine überglückliche Sofie, die mit roten Wangen vor einem leuchtenden Geburtstagskuchen stand und in die Runde strahlte. Mit einem einzigen Atemzug pustete sie alle sieben Kerzen aus, bevor sie verkündete: „Also, Mama: Du hast mich ganz schön an der Nase herumgeführt, mit deinen Hausschuhen. Ich hatte ja fast schon gedacht, du hättest dich ausgesperrt."

GRETAS BÜHNE

*G*retas Lachen hatte sich Furchen gegraben, sternförmig von ihren Augenwinkeln bis hin zu den Schläfen. Um ihren Mund tobte ein wildes Meer aus Linien und jede einzelne erzählte still eine Geschichte. Vor allem aber leuchtete ein unbändiger Humor aus ihren verschmitzten, braunen Augen.

Immer, wenn sie von ihrer Loggia auf die Hochstraße hinunterblickte, München zu ihren Füßen, fühlte sie sich ein bisschen wie in der Königsloge des Cuvilliéstheaters.

Gegenüber wucherte im Sommer eine nahezu undurchsichtige Wand aus mächtigen Eschen, Ahornen und Buschwerk an der Hangkante des Isarhochufers entlang und bildete eine grandiose Kulisse für ihre persönliche Freilichtbühne. Das Stück war jeden Tag neu und doch vertraut. Vom vierten Stock aus wirkte das Leben herrlich überschaubar und behaglich. Greta sah die Spaziergänger, Radfahrer, die Familien und die Einzelgänger, die immer ein wenig schneller unterwegs waren. Am liebsten mochte sie die ewig Parkplatzsuchenden, die sich nach einem mordsmäßigen Herumrangieren in die winzigsten Parklücken drückten und dabei vorn und hinten andere Fahrzeuge touchierten. Greta beobachtete sie, wie sie ausstiegen, um die Autos herumliefen, in die Hocke gingen und den Lack kontrollierten. Meistens stellten sie keine sichtbaren Schäden fest und verließen die Bühne. Aber gelegentlich erlaubte sich Greta einen Spaß und rief von oben herunter: „Hey, ich habe Sie gesehen!" Dann freute sie sich über die erschrockenen Gesichter, die sich ihr auf ihrem Logenplatz zuwandten.

„Nichts passiert", versicherten die Ertappten und Greta gestattete ihnen mit einer huldvollen Geste den Abgang. Niemals wäre sie auf den Gedanken gekommen, ihnen richtig Ärger zu bereiten.

An sonnigen Tagen lenkten die Durstigen ihre Schritte ohne Umwege in Richtung Paulaner am Nockherberg. Dann warteten ihre Autos wie stumme Platzhalter, manchmal sogar über Nacht, bis die Fahrtüchtigkeit wiederhergestellt war. Der Salvatorkeller war weit über Münchens Grenzen hinaus bekannt für sein bockstarkes Bier. Im Gegensatz zu manchen Besuchern wusste Greta, was sich hinter den geheimnisvollen Türen in der Hochstraße verbarg: Stufen führten hier zu den Bierkellern, in denen einst das wertvolle Bräu kalt und dunkel gelagert worden war. Das hatten sich die Paulanermönche gut ausgedacht damals: „Flüssiges bricht das Fasten nicht."

Das Fasten war mit der Zeit in Vergessenheit geraten, das Bier schmeckte jedoch noch genauso gut, forderte aber auch seinen Tribut. In sternklaren Nächten hatte Greta schon so manch schwankende Gestalt dabei beobachtet, wie sie lautstark nach ihrem Auto rief. Dabei hoffte sie immer inständig, dass es nicht gefunden wurde.

Doch neben allem Sichtbaren und Lautstarken hatte Gretas Theater noch einiges mehr zu bieten. Es gab eine andere Welt da draußen, eine, für die man nur die Augen schließen und die Ohren auf Durchzug stellen musste.

„Sie mälzen wieder", hatte ihr Mann von Zeit zu Zeit gesagt, wenn der Wind den typischen Geruch der Brauereien durch die Straßen der Oberen Au trieb. Dann musste man eben ein paar Tage mit dem „Malz in der Nase" herumlaufen, bis der Biernachschub gesichert war und der markante Geruch keine tragende Rolle mehr spielte. Doch Greta richtete ihre Aufmerksamkeit kaum auf Hopfen und Malz, außer bei gelegentlichen Besuchen im Biergarten. Anders verhielt es sich, wenn sich drei Mal im Jahr die Dulten auf dem Mariahilfplatz ausbreiteten: die Maidult im Frühling, die Jakobidult im Sommer und die Kirchweihdult im Herbst. Dann wurde Greta für ein paar Tage ein solches Duftkonzert beschert, dass sie ihre Nase genüsslich in den Wind hielt.

Im ersten Akt traten stets die gebrannten Mandeln auf. Der Geruch nach karamellisiertem Zucker und die Röstaromen strömten Richtung Loggia. Das fühlte sich an wie eine warme Umarmung. Greta erinnerte sich dann immer an ihre Kindheit, daran wie ihre Mutter die Papiertüte festgehalten hatte, während sie eine noch heiße Mandel herausfischte und in den Mund schob. Die raue Zuckerkruste brach, gab die Mandel frei und bildete den krönenden Schlussakkord der Köstlichkeit. Für eine gewisse Zeit spielten die gebrannten Mandeln die Hauptrolle im Duftkonzert, doch dann übernahmen die Bratwürste die Bühne und Greta hielt nichts mehr in ihrer Wohnung. Sie stieg die vielen Stufen aus dem vierten Stock hinunter und machte sich schnurstracks auf den Weg zur Auer Dult. Dort angekommen, war der Heißhunger meist schon auf ein ungeheuerliches Maß angewachsen. Am Bratwurststandl brutzelten die Würste verheißungsvoll. Jeder Bissen löste eine Flut von Glücksgefühlen aus. Wenn der erste Hunger gestillt war, nahm sich Greta Zeit und schlenderte durch die Gassen der Dandler, die ihre Antiquitäten an vollgestopften Ständen anboten. Man konnte regelrecht hineintauchen in die Vergangenheit. Hier gab es alles, was Sammlerherzen höherschlagen ließ: antike Möbel, Bilderrahmen, Kleidung, alte Schulranzen, Silberbesteck und so manch Skurriles aus vergangenen Zeiten.

Einmal hatte Greta sogar ein Ölbild eines unbekannten Künstlers gekauft. Auch die Keramik- und Geschirrstände lockten, die Gewürzstände oder die Kurzwaren. Zum Schluss zog es sie dann in die Neuheitengasse zum Billigen Jakob, der mit seinem wasserfallartigen Redeschwall die Kunden einlullte und ein unvergleichliches Verkaufstalent war. Wenn man nicht aufpasste, kam man mit einer multifunktionalen Gemüsereibe nach Hause. Greta war einmal bei Hosenträgern mit weißblauen Rauten schwach geworden.

„Die verkaff ich aber nur an echte Bayern und ned an Preissn", hatte der Händler getönt.

Wenn das Wetter gut war, dann kletterte Greta kurz vor dem Heimweg noch in eine der wackeligen Gondeln des Riesenrads und genoss den Blick von oben auf das einmalige Fest. So war es viele Jahre lang gewesen und so hätte es bleiben können. Doch die Zeit, die ließ sich einfach nicht anhalten.

Noch immer stand Greta gern in ihrer Loggia und ließ ihren Blick über die geliebte Stadt schweifen. Und noch immer fanden zahlreiche Duftnoten ihren Weg zu ihr hinauf. Aber an manchen Tagen schien die Zeit seltsam zu verschwimmen, dann zogen sich viele ihrer Erinnerungen zu einer einzigen zusammen oder verflüchtigten sich im Wind. Greta konnte sie nicht festzuhalten und ließ sie ziehen. Manchmal vergaß sie, den Herd auszuschalten.

„Hallo Oma."

Greta stand in der Tür und lächelte ihrem Enkel und einer ihr fremden jungen Frau entgegen.

„Ach, jetzt habt ihr aber Glück. Ich wollte gerade runter zur Dult und ein Paar Würschtl essen."

„Wir haben Kuchen mitgebracht."

„Das ist auch gut. Kommts rein. Ich mach' uns einen Tee."

Greta ging in die Küche. Die vertrauten Handgriffe gaben ihr Sicherheit. Wasser in den Topf geben, den Topf auf den Herd stellen. Die bauchige Teekanne und die Tassen aus dem Küchenschrank nehmen. Teebeutel in die Kanne hängen. Alles auf das Tablett stellen. Zucker und eine kleine Flasche Rum dazu. Ihr Enkel deckte schon den Tisch im Wohnzimmer.

„Ich habe gar nicht mit Euch gerechnet", rief Greta aus der Küche.

„Das macht doch nichts."

Greta trug das Tablett ins Wohnzimmer. „Aber es ist schön, dass ihr da seid."

Die junge Frau neben ihrem Enkel sah freundlich aus und Greta dachte, dass sie sie vielleicht doch schon einmal gesehen hatte.

„Für dich habe ich einen Obstkuchen mitgebracht, Oma."

„Das ist gut, den mag ich gern."

Sie setzten sich gemeinsam um den hübsch gedeckten Tisch. Die Tischdecke hatte Greta als junge Frau selbst mit zarten Blumen bestickt.

„Und, wie geht's dir, Oma?", fragte ihr Enkel. Gut sah er aus. Ein erwachsener Mann, der mit beiden Beinen fest im Leben stand.

„Mir geht es sehr gut, danke. Morgen kauf ich mir ein Paar Würschtl auf der Dult." Greta goss Tee in die Tassen. Die junge Frau bedankte sich. Ihr Name fiel Greta nicht ein. Der feine Duft von Darjeeling strömte ihr in die Nase. Greta löffelte Zucker in die Tasse, gab einen Schuss Rum dazu. „Ein Schlückerl Rum schmeckt immer."

„Nimm nur, Oma."

Greta sah die beiden jungen Leute vor sich sitzen. „Und was macht ihr so den lieben langen Tag?"

Ihr Enkel erzählte von seiner Arbeit und davon, dass sie einen gemeinsamen Urlaub planten. Greta löffelte Zucker in den Tee, gab einen Schuss Rum dazu. „Wir waren früher gern zum Wandern in Oberaudorf", erzählte Greta. Und die Erinnerung schob sich glasklar in ihre Gedanken: Von Bäumen gesäumte Wege, Wiesen, Kuhglocken, die Steinchen, die so schön unter den Wanderschuhen knirschten. Die frische Luft, der unendliche Himmel, Essen im Wirtshaus, unterwegs mit den Kindern.

Greta rührte in ihrem Tee. „Hab ich schon Zucker drin? Ach was, a bisserl geht immer." Sie löffelte Zucker in den Tee und gab einen kleinen Schuss Rum dazu, dann sah sie ihre Gäste aufmerksam an.

„Und wisst ihr, was das Wichtigste ist?" Eine Antwort wartete sie gar nicht ab, sondern sprach sofort weiter. „Die Liebe! Die Liebe ist das Wichtigste."

„Das finde ich auch", bestätigte die junge Frau.

„Ja, ihr seid verliebt, das sieht man gleich", fand Greta und nahm einen Schluck Tee. Die Tasse stellte sie blitzschnell wieder ab. „Der ist mir aber jetzt fast ein bisschen zu süß geworden."

„Da ist ja auch ordentlich Zucker und Rum drin, Oma."

„Tatsächlich?"

Der Enkel nickte.

„Wirklich? Hab ich gar nicht gemerkt."

Ihr Enkel grinste. „Macht ja nichts."

„Morgen kauf ich mir Würschtl", sagte Greta.

„Aber Oma! Seit deinem Sturz kommst du doch die Treppen gar nicht mehr runter. Hast du das vergessen?"

Da wurde es auf einmal sehr still am Teetisch und Greta dachte intensiv nach. Aber die schlüpfrigen Gedanken entwischten ihr und ließen sich auch nicht einfangen. Was hatte ihr Enkel gerade noch gesagt? Richtig, es ging um die Auer Dult.

„Früher war ich fast jeden Tag unten. Seid ihr schon mal mit dem Riesenrad gefahren?"

„Ich glaube, momentan ist gar keine Auer Dult. Erst im Oktober wieder."

„An Kirchweih", flüsterte Greta und sah zum Fenster hinaus.

Das junge Paar nickte.

Greta trank einen Schluck Tee. „Mei ist der süß! Aber ich bin ja auch süß." Sie lächelte verschmitzt. „Ja, ja, die Liebe." Sie nickte verständnisvoll. „Die Liebe kenn' ich auch."

Später räumten sie gemeinsam den Tisch ab und ihr Enkel verabschiedete sich.

„Also dann, Oma..."

„Schön war's, dass ihr da wart. Morgen braucht's aber nicht zu kommen, morgen bin ich auf der Dult."

Im Oktober war es dann wieder so weit und Greta stand auf ihrer Loggia. Die Luft roch verführerisch nach gebrannten Mandeln und sie atmete tief ein. Morgen oder übermorgen würde sie runtergehen, aber erst, wenn die Würschtl fertig waren.

DAS LETZTE SEINER ART

*I*ch lernte Nina auf einer dreiteiligen Matratze lieben. Ohne Bettlaken. Immer wenn wir uns bewegten, rutschten die Teile ein Stück weiter auseinander und dann landete Nina mit ihrem nackten Hintern in den Lücken dazwischen. Es muss kalt gewesen sein auf dem Laminat. Beschwert hat sie sich nie. Während wir uns liebten, schoben wir die Matratzenstücke wie schwimmende Inseln vor uns her. Wir krallten, rissen und zerrten daran, zogen am Ufer des Baumwoll-Polyester-Bezugs entlang und ließen uns schließlich in den weichen Komfort von Polyether und Stahlfederkern sinken. Am Ende unserer Liebesreise besetzte jeder von uns nackt und siegessicher seine Insel – nahe genug, um die Fingerspitzen des anderen zu berühren.

„Peer", flüsterte Nina dann über den Ozean unserer Schwabinger Studentenbude hinweg und mich überzog es mit glühendem Eis. Diese Matratze verband uns mehr als jedes andere Möbelstück, das wir besaßen. Wir nannten sie Molly.

Mindestens drei Mal zogen wir mit Molly um. Stapelten sie in den Bulli eines Freundes, luden sie aus und schoben die Stücke in der neuen Wohnung vor den Augen der anderen ordentlich zusammen. Wir taten unschuldig, aber unsere Blicke verfingen sich in dem geheimen Wissen um unsere kommenden Reisen.

Molly war mehr als ein Bett, sie war Vertraute, unser Flagg-schiff, mit dem wir den Ozean unserer Liebe erkundeten. Das ging ein paar Jahre so. Doch eines Tages schleppte Nina Molly auf den Dachboden. Ein richtiges Bett sollte her: Bettgestell, Lattenrost und Kaltschaummatratze.

Ich wäre gern noch ein paar Jahre auf Molly weitergeschip-pert. Aber Nina wollte nicht. Sie meinte, unsere wilden Stu-dentenjahre seien vorbei und es sei an der Zeit, unser Leben und unsere Liebe in ordentliche Laken zu wickeln. So hatte sie es natürlich nicht gesagt, sondern eher sowas wie: „Peer – wir müssen mal über Molly reden."

Allein schon, wie sie meinen Namen aussprach, machte mich jedes Mal wachsweich. Ich wurde Zucker. Ich karamelli-sierte und verfeuerte meine gesamte Energie, um es mir nicht anmerken zu lassen. Nina zog den Doppelvokal meines Namens behutsam in die Länge, nur mit einem Hauch von Stimme. Sie vermochte ihr etwas Raues zu verleihen. Voll-milchschokolade mit Krokant. Ihr Atem streifte meinen Nacken und zündete eine Kettenreaktion in meinem Körper. Ich kämpfte nicht dagegen an, ich gehorchte.

Nina hatte in der Zeitung von „einer ganz tollen Aktion" eines neuen Möbelhauses gelesen: Verbringen Sie eine Nacht bei uns in Ihrem Traumbett und nehmen Sie es anschließend gleich mit nach Hause!

Ohne mir etwas zu sagen, hatte sie sich in unserem Namen beworben. Ich werde ihr niemals verzeihen, was sie über Molly schrieb: „Wir haben unsere Alte verlassen und suchen eine Neue!" Die Geschichte eines nicht mehr ganz jungen Paares, das sein bisheriges Leben auf einer dreiteiligen Matratze fristete, hatte offenbar so etwas wie Mitleid ausge-löst. Wir waren jedenfalls ausgewählt worden. Ich folgte Nina ins Schlafzimmer, das sich ohne Molly seltsam leer anfühlte.

Sie fing damit an, eine Reisetasche für die Möbelhausnacht zu packen.

„Meinst du, dass wir im Bett essen?"

Ich starrte sie an. „Wir müssen doch hoffentlich nicht wirklich die ganze Zeit im Bett verbringen, oder?"

„Doch. Das ist ja gerade das Lustige daran. Morgen geht's los." Sie trat nahe an mich heran, Knusperkrokant in ihrer Stimme. „Peer, stell dir das doch mal vor: Wir beide ganz lange zusammen im Bett. Das hat dir doch früher immer so gefallen! Wo ist mein Pyjama?"

„Ja, aber zum Essen sind wir immer aufgestanden."

Nina wühlte wie besessen im Schrank herum. „Das gibt es doch nicht, wo ist nur mein Schlafanzug?

Ist doch witzig, wenn wir das Essen ans Bett bekommen. Wir müssen uns um nichts kümmern. Einfach nur daliegen und..."

„Und was ist, wenn ich auf die Toilette muss? Oder soll ich etwa ins Bett pinkeln?"

Nina zog ihren Kopf aus dem Schrank. Ihre Haare waren zerwühlt, die Augen glühten. Verdammt, sie sah so gut aus. Ich hätte sie geküsst, ich hätte alles mit ihr angestellt, wenn sie uns nur nicht diesen Affenzirkus eingebrockt hätte.

„Nein, du musst natürlich nicht ins Bett pinkeln. So ein Möbelhaus hat Toiletten, weißt du." Sie grinste. „Aber du solltest auch einen Pyjama einpacken. Sicher wird eine ganze Menge Presse da sein und..."

„Presse!" Ich sagte es nicht, ich schrie es.

„Na, was glaubst du denn? Die lassen sich doch so eine Sache nicht entgehen. Drei Paare, die eine Nacht im Möbelhaus..."

„Drei? Wieso drei? Ich dachte, wir sind allein!"

Entnervt und mit dem Gefühl, dass mein Leben mir entglitt, rutschte ich an der Wand nach unten und setzte mich auf dem Boden. Ich sah ein lebhaftes Bild vor mir: Drei Betten inmitten eines Möbelhauses und ein Haufen Menschen, die uns beim Schlafen zusahen, uns beobachteten, Fotos machten. In Gedanken zog ich mir die Decke über den Kopf.

„Ich will Molly."

Nina runzelte die Stirn und ich erkannte, wie vergänglich Schönheit sein kann. Jedenfalls fand ich Nina auf einmal gar nicht mehr so schön. Ich wandte mich ab.

„Jetzt sei nicht albern." Nina setzte sich neben mich und legte den Arm um meine Schultern. „Komm, stell dich nicht so an. Wir machen es uns schön, ja?"

„Klar, mit einer Horde Fotografen und dreiundzwanzig Kundenberatern, die uns stundenlang im Bett beobachten."

„Es gibt auch drei Garnituren Traumwelt-Bettwäsche dazu."

„Toll."

Ich stand auf, stieg auf den Dachboden und holte Molly wieder ins Schlafzimmer. Nina warf mir einen Blick zu, der Häuser zum Einstürzen hätte bringen können. Ich zuckte mit den Schultern. „Du willst heute Nacht doch bestimmt nicht auf dem Fußboden schlafen, oder?"

In dieser Nacht, die wir auf Molly verbrachten, fühlte ich mich als halber Sieger. Doch das sollte nicht lange anhalten. Nina machte mir am nächsten Morgen unmissverständlich klar, dass sie die Sache durchziehen wollte. Sie machte unsere Beziehung von einer Nacht im Bett eines Möbelhauses abhängig. Da gab ich nach.

Als wir später am Tag beim Möbelhaus eintrafen, war es genau so, wie ich erwartet hatte: eine Traube von Fotografen und sensationsgierigen Menschen, die drei Paaren beim Schlafen zusehen wollten, flankiert von einem Filialleiter im roten Sakko, der mit ausgestreckter Hand auf uns zueilte. „Willkommen, willkommen. Mit Ihnen sind wir dann also vollzählig." Der Rest seines Gefasels ging in der Geräuschkulisse der auslösenden

Kameras und der Umherstehenden unter. Nina nahm meine Hand und lächelte. Sie kann das. Nina hat für jede Situation ein passgenaues Lächeln in petto. Wir folgten dem Sakko ins Möbelhaus, im Schlepptau lauter Verrückte. Dabei dachte ich die ganze Zeit scharf darüber nach, wie ich mich an Nina rächen könnte.

Im Herzen des Möbelverkaufsparadieses bat uns das Sakko zusammen mit den beiden anderen Paaren auf eine behelfsmäßige Bühne. Wie ein Prophet öffnete er die Arme, bevor er mit seiner Ansprache begann: „Ich freue mich sehr, dass Sie heute so zahlreich zu uns gefunden haben, um unseren lieben Paaren...", er zeigte mit dem ausgestreckten Zeigefinger auf uns, „beizustehen."

Ich musste wohl ein recht verächtliches Grunzen von mir gegeben haben. Jedenfalls quetschte Nina meine Hand und warf mir einen warnenden Blick zu. Das Sakko rieb sich die Hände, als hätte er gerade eine Hochglanzküche samt Elektrogeräten verkauft, und klebte sich ein fettiges Grinsen ins Gesicht. „Dann darf ich die Herausforderer nun bitten, sich ihre Nachtwäsche anzuziehen und sich auf die Suche nach ihrem Traumbett zu begeben. Ich bin überzeugt, dass Sie bei uns fündig werden." Applaus brandete auf.

In einer extra aufgestellten Umkleidekabine packte ich Nina an den Schultern. „Nina, lass uns abhauen."

Aber Nina schüttelte den Kopf und löschte alle weiteren Worte mit einem Kuss. „Komm schon, Peer, wir schaffen das."

Und dann verriet mir diese Wahnsinnsfrau, dass sie vor einigen Tagen schon einmal hier gewesen war, um das ultimative Bett auszukundschaften. Sie hatte es gefunden im dritten Stock, ganz hinten links.

„Es ist ein Traum, Peer. Alles, was wir tun müssen, ist, jetzt auf dem schnellsten Weg dorthin zu laufen, das Bett zu besetzen und fertig. Das können wir doch. Jetzt zieh dich um, ja!"

Ich wusste, es war ein Wahnsinn. Ich wusste es, als ich mit einem niemals zuvor getragenen blau-weiß gestreiften Pyjama und Nina an der Hand durch die grölende Menge rannte. Ich wusste es, als wir bemerkten, dass Paar Nummer zwei denselben Weg nahm, uns abdrängte, überholte und mit einem olympischen Sprung in unserem Bett landete. Sofort rissen sie sich die Bettdecke bis zum Kinn hoch. Nina stieß schneidend die Luft zwischen ihren Zähnen hervor. „Das ist unser Bett!"

„Wir waren aber zuerst da", antwortete Paar Zwei wie einstudiert. Der Tross unserer Verfolger hielt den Atem an. Willkommen zurück im Kindergarten.

Nina zischte und fixierte aus den Augenwinkeln den Filialleiter, ohne jedoch ihr Bett aus den Augen zu lassen: „Bestimmt haben Sie noch genau so ein Bett."

Das Sakko hob hilfesuchend die Arme: „Es ist das Letzte seiner Art. Tut mir leid."

Nina war beleidigt und in diesem Moment gönnte ich ihr diese Niederlage von ganzem Herzen. Das rote Sakko merkte, dass die Stimmung kippte, und klatschte in die Hände. „Aber wir haben doch noch andere, wirklich sehr schöne Betten."

Und kaum zu glauben: Nina ließ sich überreden, ein anderes Bett zu beziehen. Wir stiegen in irgendwas aus hellem Ahorn mit Flechtoptik. Im Bett erfuhren wir, dass Paar Drei im allgemeinen Trubel der Jagd spurlos verschwunden war. Sie hatten wahrscheinlich das Weite gesucht. Insgeheim beglückwünschte ich die beiden zu dieser vorausschauenden, klugen Reaktion.

Kaum lagen wir in unseren Betten, wurden wir unter den begeisterten Rufen der Menge von einigen kräftigen Möbelpackern mitsamt Bett emporgehoben und durch das Ladengeschäft getragen. Ziel unserer Reise waren drei getrennte Schaufensterbereiche, in die geschickte Dekorateure jeweils ein Schlafzimmerambiente gezimmert hatten. Jedes Bett bekam sein eigenes

Schaufenster. Der dritte Bereich blieb frei. Nachdem man uns positioniert hatte, schoben sich die Schaulustigen nach draußen vor das Schaufenster. Es wurde gelacht und geknipst, Kinder drückten ihre Nasen an die Scheibe. Gedämpft drangen die Geräusche zu uns herein. „Mama, schlafen die jetzt da drin?"

Ich sah Nina an. „Das ist wirklich das Blödeste, was dir jemals eingefallen ist."

Nina sagte nichts. Während wir mit verschränkten Armen schweigend aufrecht im Bett saßen, ging Paar Nummer zwei im Schaufenster nebenan in die Offensive und begann sich mit den mit den Zuschauern draußen schreiend zu unterhalten.

„Es ist wirklich sehr gemütlich hier drinnen!", riefen sie.

Ich hielt mir die Ohren zu. „Wer entscheidet eigentlich darüber, wer das Bett gewinnt?", fragte ich Nina.

„Die da." Sie zeigte auf die Menge vor dem Schaufenster. „Draußen gibt es einen Briefkasten, da kann man seine Stimme abgeben."

„Ach, ja?"

Paar Nummer zwei plärrte weiterhin den Zuschauern zu. Offenbar hatten sie eine Kissenschlacht begonnen, jedenfalls wurden sie lautstark angefeuert.

Nina seufzte und sah mich an. In ihren Augen glitzerte es verdächtig. War sie etwa kurz davor zu weinen? Meine Nina, die, wenn überhaupt, nur aus ohnmächtiger Wut weinte. Die Tränen, die ich jetzt erahnte, kamen einer Kapitulation gleich und tropften Löcher in mein Herz.

„Ich hätte dich nicht herbringen sollen, Peer. Es tut mir leid."

„Es wird abgestimmt, sagst du?"

„Ja."

„Das heißt, wenn Paar Schreihals von nebenan verliert, dann können sie ‚unser Bett' nicht mitnehmen?"

„Nein, nur ein Paar kann gewinnen."

„Dann sollten wir uns jetzt etwas einfallen lassen."

Ich fing Ninas Blick ein. „Wie meinst du das?"

Statt einer Antwort nahm ich ihr Gesicht in meine Hände. Draußen wurde gejohlt. Ich achtete nicht darauf, sondern sah nur Ninas Augen, die gerade von Azurblau zu Ultramarin wechselten.

„Vergiss alles."

Und dann versanken wir in einen endlosen Kuss, der sämtliche Schaulustige von Schaufenster Zwei zu uns lockte. Den restlichen Abend zogen wir eine Show ab. Genaugenommen war es keine Show, wir waren es. Nina und ich. Ich und Nina. Ich lackierte ihre Fußnägel in Dunkelrot und Hellblau. Sie rasierte mich, zog den Rasierer in einem einzigen waghalsigen Schwung vom Kinn bis zum Hals. Ich kämmte ihre Haare, massierte ihre Füße, war Untergebener und Besitzer zugleich. Nina griff in meinen Nacken, spielte mit mir. Es war, als folgten wir einem geheimen Plan. Wir sprachen nicht, wir kommunizierten ganz ohne Worte. Die Menschen draußen schmolzen zu einem bunten Knäuel zusammen, das für uns jegliche Bedeutung verloren hatte. Lachend schoben wir uns Erdbeeren in den Mund. Das Weinglas schmiegte sich weich an unsere Lippen. Unsere Seelen lagen ausgebreitet da – die Knöpfe unserer Pyjamas blieben aber geschlossen.

Als es langsam dunkel wurde, hatten die meisten Zuschauer ihren Beobachtungsposten verlassen. Nur zwei Journalisten machten noch ein paar Fotos, dann zogen auch sie ab. Der große Parkplatz vor unserem Schaufenster lag verlassen da. Die aufdringliche Beleuchtung des Möbelhauses war erloschen, nur die Nachttischlampen an unserem Bett brannten. Fast behaglich. Ruhig. Das Sakko hatte uns versichert, auf uns aufzupassen.

„Sie werden schlafen wie in Abrahams Schoß", hatte er gesagt und war gegangen.

Ich löschte das Nachtlicht und Nina schmiegte sich an mich. „In einem Schaufenster haben wir noch nie geschlafen," flüsterte sie.

„Ich hätte darauf verzichten können."

Meine Gedanken verloren sich in der Dunkelheit. Wir würden gewinnen. Das hatte ich dem Gesichtsausdruck des Sakkos angesehen. Die Meute hatte für uns gestimmt. Morgen würde Nina ihr Traumbett bekommen und wir würden es an Mollys Platz im Schlafzimmer aufstellen. Nachts würde das Mondlicht auf zwei Traumwelt-Kissen fallen. Statt auf Mollys Stahlfedern würden wir nebeneinander auf einer umfassten Matratze liegen. Wir würden liegen, nicht rutschen, nicht durch die Nacht gleiten. Molly würde auf dem Sperrmüll landen.

Ninas Lachen kitzelte mein Ohr und holte mich zurück ins Schaufenster. Sie küsste mich. „Das werde ich dir nie vergessen, Peer."

Da war es wieder: zartschmelzende Vollmilchschokolade, Nusskrokant. Ich war süchtig nach ihr! Das würde ich ihr aber nicht verraten. Eine Beziehung braucht Geheimnisse. Diese Frau trug mein Herz spazieren.

Es war tiefe Nacht im Möbelhaus. Der Parkplatz lag einsam in der Stille. Morgen würden die Schaulustigen wiederkommen, würden Fotos knipsen und sich am Schaufenster entlangschieben. Sie würden die Stimmen auszählen. Nina und ich würden auf einer lächerlichen Bühne stehen. Hand in Hand und in Pyjamas.

Von Schaufenster Zwei drang einstimmiges Schnarchen herüber. Ich lachte heiser auf. Sie schliefen. Schliefen in Ninas Traumbett.

Mein Herz klopfte schneller. Und plötzlich wurde mir klar, ich würde überall mit Nina schlafen, in einer Schreibtischschublade, im Handschuhfach oder in einem Bett im Schaufenster eines Einrichtungshauses. Molly war nur ein Spielzeug, eines von vielen, es würde andere geben, andere Schiffe und andere Ufer, an denen wir ankern konnten.

Diese Frau war so heiß, dass sie Schnee zum Schmelzen brachte. Ich wollte sie jetzt, auf der Stelle. Nina. Ich flüsterte ihren Namen, spürte ihren Atem an meinem Ohr. Ich glühte. Ich war heiser. Wie ausgehungert rief ich sie in der Dunkelheit. „Nina, Nina, Nina..."

Wir hätten alles vergessen, uns fallen lassen können, auf einer Kaltschaummatratze im Schaufenster dieses Möbelhauses. Ich hätte Molly für immer aus meinem Gedächtnis verbannen können – wenn du nicht eingeschlafen wärst, Nina!

ENDSTATION VIKTUALIEN-MARKT

WENN DU NOCH WILLST, KOMM MORGEN UM 14 UHR ZUM KARL-VALENTIN-BRUNNEN AUF DEM VIKTUALIENMARKT. DIESMAL BIN ICH DA – VERSPROCHEN!!!

Benjamin starrte auf sein Handy und stöhnte. Diese Frau trieb ihre Spielchen mit ihm. Daran bestand überhaupt kein Zweifel mehr. Er klagte Angelo, der ihm gegenübersaß, sein Leid. „Sie jagt mich durch die ganze Stadt. Ich war schon auf dem Alten Peter, im Müller'schen Volksbad und bei Sonnenuntergang auf der Hackerbrücke. Jedes Mal denke ich, jetzt treffe ich sie und dann kommt sie doch nicht."

„Hackerbrücke bei Sonnenuntergang ist cool. Wenn das so weiter geht, kennst du München bald besser als ich", stellte Angelo fest und grinste.

„Ja, könnte schon sein, aber was soll ich denn jetzt machen?"

„Es gibt nur zwei Möglichkeiten", fasste Angelo die Situation zusammen. „Entweder du lässt dich weiterhin darauf ein oder du beendest es."

„Ach, du bist ein wahrer Freund! Danke für diese tiefschürfende Analyse. Darauf wäre ich ja nie gekommen."

Angelo hob sein Glas und prostete Benjamin zu. „Übrigens, was machst du eigentlich, wenn sie nicht so aussieht wie auf dem Foto?", wollte er wissen. „Könnte immerhin ein Fake sein."

„Dann lasse ich mein Herz entscheiden."

„Das ist eine hervorragende Idee, mein Freund." Darauf stießen sie an.

Sein Herz, das wusste Benjamin, hatte sich schon längst entschieden und es hechelte wie besessen einer Frau hinterher, die er noch niemals live gesehen hatte. Er kannte lediglich ein Profilbild von ihr und einmal, einmal hatte sie ihm sogar eine Sprachnachricht hinterlassen. Katharinas Stimme war bei ihm eingeschlagen wie ein glühender Komet. Sie klang so fröhlich, hell und leuchtend und rollte dabei das R, nur ein bisschen, gerade so, dass man es heraushören konnte. Er hatte sofort Gänsehaut bekommen. Immer wieder hatte er die Nachricht abgespielt und dabei ihr Bild betrachtet. Sie hatte kurze dunkle Haare und lachte frech in die Kamera. Ihr Lachen war atemberaubend. Wenn er das Foto ansah, glaubte er fast es zu hören. Katharina war seine absolute Traumfrau. Leider war er ihr bis heute nie persönlich begegnet und in seinem Magen breitete sich mehr und mehr eine dunkle, ziehende Sehnsucht aus. Seine Geduld neigte sich dem Ende zu. Jetzt wollte sie ihn also zum Karl-Valentin-Brunnen lotsen. Was würde der gute alte Karl wohl dazu sagen?

KOMMEN TÄT ICH SCHON, ABER WOLLEN TRAU ICH MICH NICHT.

Benjamin lachte zynisch, als er auf Senden tippte. Es wurde Zeit, der Dame endlich ein gewisses Maß an Gegenwehr zu bieten. Angelo nickte begeistert, als er die Nachricht las. „Ich wusste gar nicht, dass du so ein Sprachkünstler bist."

Katharinas Antwort ließ nicht lange auf sich warten: SEHR ORIGINELL. CHAPEAU! ALSO WIRST DU DA SEIN?

Benjamin straffte seine Schultern, bevor er seine Antwort formulierte: ICH WERDE DA SEIN, ABER AM VIKTUALIENMARKT IST ENDSTATION. WENN WIR UNS WIEDER NICHT TREFFEN, DANN WAR'S DAS. ENDGÜLTIG.

Angelo klatschte in die Hände. „Gut gemacht, Mann. Zeig ihr endlich, wo es langgeht. Jetzt bin ich gespannt, was am Viktualienmarkt läuft."

Benjamin seufzte. „Ich bin gespannt, ob überhaupt etwas läuft."

Am nächsten Tag hatte die Aufregung Benjamin schon viel zu früh aus der Wohnung getrieben. Er hatte noch über eine Stunde Zeit. Aber das störte ihn kaum, er würde eine Kleinigkeit zu essen kaufen und sich irgendwo hinsetzen. Eine Leberkässemmel in der Hand fand er schließlich einen Platz auf dem Rand des Honigbrunnens, so genannt, weil er unweit des Honighäusls stand. Neben ihm ließ sich gerade ein Mädchen von ihrem Vater dabei helfen, eine kleine rote Tasse unter den Wasserstrahl zu halten. Sie sprach ihn an: „Willst du probieren?"

Sie hielt ihm ihr Tässchen unter die Nase.

„Nein, vielen Dank. Ich habe keinen Durst."

„Wusstest du, dass es ganz viele Brunnen auf dem Vikto gibt? Den Liesl-Karlstadt-Brunnen, den Karl-Valentin-Brunnen, den Ida-Schumacher-Brunnen, den…"

Benjamin lachte. „Na, du kennst dich aber aus. Du solltest Stadtführerin werden."

Er grinste und beobachtete, wie die Kleine genüsslich aus ihrer Tasse trank. „

Und jeder schmeckt anders", erklärte sie weiter. „Sehr lecker und alle haben Trinkwasser. Du musst unbedingt überall mal trinken."

Benjamin schmunzelte. „Das werde ich ganz sicher tun. Danke für den guten Tipp."

„Bitteschön, aber jetzt muss ich mit meinem Papa weiter zum Kartoffelbrunnen."

Sie winkte und Benjamin winkte zurück. Wie einfach war das Leben doch in diesem Alter gewesen. Da konnte einen ein Schluck Wasser glücklich machen. Heute brauchte es dafür wesentlich mehr. Die richtige Frau zum Beispiel. Katharina. Er stellte sich vor, wie es wäre, wenn er ihr gleich begegnen würde, wenn sie sich wirklich am Karl-Valentin-Brunnen mit ihm treffen würde. Perfektes Glück.

Benjamin hatte in den letzten Wochen eine wahre Schnitzeljagd hinter sich, wobei Katharina die Hinweise auslegte, denen er unermüdlich folgte. Bisher hatte er den Schatz, also Katharina, aber nicht gefunden.

Er hatte sie auf der Plattform „Münchner Singles" kennengelernt: Eine Weile schrieben sie so hin und her. Schließlich verlagerten sie ihre Gespräche auf WhatsApp und irgendwann dachte Benjamin, es sei an der Zeit, einen Schritt weiterzugehen. Er schlug eine echte Verabredung vor und Katharina war einverstanden gewesen. Ihre Antwort hatte ihn überrascht: ICH HAB EINE GUTE IDEE. JEDER VON UNS KLETTERT DIE 306 STUFEN ZUM ALTEN PETER HINAUF. OBEN TREFFEN WIR UNS DANN UND GENIESSEN ZUSAMMEN DEN BLICK ÜBER MÜNCHEN. WAS MEINST DU?

Benjamin erinnerte sich noch ganz genau daran, wie originell er diese Idee gefunden hatte. Endlich mal eine, die nicht in irgendeine Bar gehen wollte. „Die Frau hat Stil", hatte Angelo damals gesagt.

Also hatte sich Benjamin auf den Weg gemacht, hatte auf jeder der über dreihundert Stufen an Katharina gedacht und sich mit jedem Schritt auf die erste Begegnung mit ihr gefreut. Doch dann war er eine Stunde oben auf der Plattform allein im Kreis gelaufen und hatte gewartet. Der Wind war ihm um die

Ohren gepfiffen und es hatte genieselt. Niemand war gekommen, schon gar nicht Katharina. Ihre Entschuldigung folgte wenig später: ES TUT MIR SO LEID, ABER ICH STECKTE IN EINEM MEETING FEST. ICH HOFFE, DU HAST NICHT ZU LANGE AUF MICH GEWARTET – BEI DEM WETTER!

Im Nachhinein schalt sich Benjamin einen Idioten, dass er, die Hände in den Manteltaschen, überhaupt so lange dort oben ausgeharrt hatte, in der Hoffnung, Katharina würde noch kommen. Aber er ließ sich nichts anmerken: NEIN, NEIN, ICH HABE SCHNELL GEMERKT, DASS DU NICHT KOMMST. KEIN THEMA, WIR HOLEN ES NACH.

Eine Weile hatten sie sich dann nur geschrieben und Benjamin hatte es Katharina überlassen, die nächste Verabredung zur Sprache zu bringen. Wieder hatte sie einen außergewöhnlichen Vorschlag gemacht: Sie wollte sich mit ihm im Müller'schen Volksbad treffen, ein bisschen schwimmen und dann zusammen in die Sauna gehen. Benjamin fand das sogar noch besser als die erste Idee und sagte zu. Am Ende war er 30 Bahnen geschwommen, ohne dass Katharina aufgetaucht war. Den genauen Wortlaut ihrer Entschuldigung hatte er vergessen oder verdrängt, jedenfalls war er richtig sauer gewesen. Angelo hatte ihm empfohlen, den Kontakt zu löschen. „Ey, was ist das denn für eine Art? So geht man nicht mit ehrlichen Männern um."

Aber nachdem der erste Zorn verraucht war, hatte er wieder – wenn auch seltener – mit Katharina geschrieben und ihre Entschuldigung akzeptiert. Ihre Nachrichten plänkelten ein wenig dahin, doch dann fragte Katharina: WARST DU SCHON MAL BEI SONNENUNTERGANG AUF DER HACKERBRÜCKE? DAS IST DER WAHNSINN! WOLLEN WIR UNS DA SEHEN?

Benjamin hatte gezögert und Angelo hatte ihm vehement abgeraten. Er hätte auf ihn hören sollen.

Nun also der Karl-Valentin-Brunnen am Viktualienmarkt. Wieder wurde er an einen besonderen Ort zitiert. Vielleicht wollte Katharina ihm am Denkmal des bekannten Münchner Komikers und Volkssängers den Rest seiner Würde nehmen. Es wäre ihr zuzutrauen. Benjamin zog sein Handy aus der Hosentasche und starrte auf ihren bisherigen Chatverlauf. Manche ihrer Gespräche lasen sich, als würden sie einander schon ewig kennen. Dann hörte er die einzige Sprachnachricht ab, die sie ihm jemals geschickt hatte. Wieder bekam er Gänsehaut. Ihre Stimme haute ihn um, ihr Profilbild lachte ihn an. Man sollte der Liebe eine Chance geben. „Die Liebe ist das Wichtigste", hatte mal jemand gesagt.

Gedankenverloren schlenderte Benjamin über den belebten Viktualienmarkt. Er kaufte ein bisschen Käse und ein paar Weintrauben und näherte sich in konzentrischen Kreisen Stück für Stück dem Karl-Valentin-Brunnen, der von den Standlbesitzern liebevoll mit Blumen geschmückt wurde. Das kleine Mädchen hatte recht gehabt, er sollte sich alle einmal genauer anschauen und das Wasser probieren. Brunnen-Hopping mit Angelo.

Schließlich befand er sich in Sichtweite des Karl-Valentin-Brunnes, von dem ihm der berühmte Volkssänger mit seinen typischen staksigen Beinen, mit Hut und geschlossenem Regenschirm entgegenzublicken schien. Zentnerweise Gedanken schoben sich Benjamin durch den Kopf. Wie würde dieses Treffen enden? Er allein mit Valentin? Oder würde Katharina diesmal Wort halten? Immerhin hatte sie es ausdrücklich versprochen, mit drei Ausrufezeichen. Benjamin blieb in sicherer Entfernung stehen und konnte sich nicht entschließen weiterzugehen. Was würde Karl tun?

Die Antwort war so einfach, dass Benjamin laut auflachen musste. Er wandte sich vom Brunnen ab, ging genau in die ent-

gegengesetzte Richtung und zog sein Handy aus der Tasche.
Dann tippte er folgende Nachricht für Katharina:

ÜBER KURZ ODER LANG KANN DAS IMMER SO WEITER-
GEHEN, AUSSER ES DAUERT NICHT LÄNGER…
AUF NIMMERNICHTSEHEN! BENJAMIN

DANK SAGUNG

Viele meiner Kurzgeschichten wurden inspiriert von Dingen, die ich gelesen, gesehen, erlebt habe oder die mir erzählt wurden. Natürlich gebe ich die Geschichten nie genauso wieder, wie sie tatsächlich passiert sind. Ich wähle meist nur einen kleinen Aspekt aus und setze noch eins drauf!

Doch oft entsteht der erste Funke in Gesprächen mit der Familie, mit Freunden oder Kollegen. Meistens ist ihnen in dem Moment gar nicht bewusst, dass sie mir gerade die Idee für eine Geschichte geliefert haben. Die Kreativität setzt sich ja für alle unsichtbar in Gang. Doch nun, am Ende vom „Isarrauschen", ist die richtige Zeit und der richtige Ort, um meinen Inspirationsquellen einmal ausdrücklich DANKE zu sagen:

Meine Eltern (die beide leider nicht mehr leben), erzählten mir vor Jahren in einem sehr lustigen Telefonat von einem unbekannten Besuch, meine Tochter Amelie erfand die „Weißwurstschälmaschine", meine Schwiegermama Christine und deren Mama Margarete ließen die Geschichte in der Hochstraße lebendig werden, Ina Müller machte mich während einer Stadtführung auf das Mosaik vom heiligen Onuphrius aufmerksam, Thorsten Schreiber lieferte mit seinem „Adrenalin" ein perfektes Setting für einen kreativen Hairstylisten, Andrea Müller brachte mich auf die Idee eines diabolischen

Vermieters und mein Mann Jürgen (ein echter Münchner) zeigt mir unermüdlich interessante Plätze in unserer geliebten Stadt.

Doch damit nicht genug, denn all diese Geschichten machen noch lange kein Buch! Ein Buch wird erst daraus, wenn mein sehr geschätzter Verleger Michael Volk sich dafür begeistert und seine Zustimmung zu dem neuen Werk gibt. Absolut perfekt wird das Team aus dem Volk Verlag auch durch meine großartige und aufmerksame Lektorin Nadine Burks, die all meine Fehler ausmerzt und auch in schweren Zeiten für mich da ist.

Und wenn Ihnen die Aufmachung des Buchs, das Sie in den Händen halten, besonders gut gefällt, dann ist das ein Verdienst von Peter Berger, der nicht zum ersten und hoffentlich auch nicht zum letzten Mal ein großartiges Cover gestaltet hat. Auch Julia Späth möchte ich danken, die ebenfalls einen Beitrag geleistet hat.

Ich danke Euch allen von Herzen!
Diana Hillebrand

PS: Wenn Ihnen diese Kurzgeschichten gefallen haben und Sie sich mehr davon wünschen, dann freue ich mich über eine Nachricht, vielleicht entstehen dann schon neue Ideen-Funken!

www.diana-hillebrand.de